U0137484

峡河西流去

陈年喜 著

湖南文艺出版社
HUNAN LITERATURE AND ART PUBLISHING HOUSE

博集天卷
CS-BOOKY

自　序
我不过是个写信的人

　　我这半生，和两个场域扯不断理还乱，一个是关山万里的矿山，一个是至今无力抽身的老家峡河。

　　关于矿山，我在《微尘》《活着就是冲天一喊》两本书和一些诗歌里已经讲述过它们，并且我觉得已经讲得够多了，而关于老家的讲述基本还没有开始。人一辈子都在做两件事情，离家和回家，做得费神劳力甚至九死一生。其实也不是两件事情，是一件事情，因为离家也是回家，不过是方向或方式不同而已。故乡是宿命的重要组成部分。

　　峡河的东面是河南卢氏县，北面和南面是本省的洛南与商南，峡河就这样处在秦岭与伏牛山脉挟持的两省三县夹角地带。峡河水从两省交界的山腰出发，细细涓涓，茫茫苍苍，一路风尘一路歌，经过七十里奔流，在武关与丹江汇合，成为长江不足一道的一部分。峡河是河名也是地名。这里原本没有人烟，三百年前，一场战事，一帮战败的人丢盔弃甲，顺长江而上，到了这里，插草为界，烧荒为田，世世代代生活了下来。

1999 年出门上矿山，到因病回乡，整整十六年，大漠边关，孤雁寒声。虽然其间也常常回来，但我发现，我与这片世界已彼此陌生，长者衰朽，少年成人，同辈人已大多叫不出名字，而打工经济，让人们彼此更加分离遥远。我重新打量它和他们，他们和它也重新打量我，这些文字，是彼此打量的结果。写作，也是思乡者与故乡彼此走近相看的过程。惭愧的是，相对于漫长的无尽的时间与人事，这里记录下的，只是其中的一鳞半爪。

　　从诗歌改弦到自然分行文字那一年，我已经四十五岁。那时候，我在贵州一家企业做文案，每天忙忙碌碌又百无聊赖。在我的故乡峡河，这个年纪的男女，已早早备好了棺木，选好了墓基，开始抬头向另一个世界张望，等待那个黑夜到来。我清楚，我没有太多时光晃荡了。还有一个因素，就是孩子在县城读高中，家人陪读，在两年前的一场手术中，我几乎花光了所有积蓄，经济上实在捉襟见肘，需要一份实在的收入。另外，以精致立命的诗歌在新的语境下选择了慎言、拘谨、罔顾左右、画地为牢，已无力表达广阔深繁的生活和世界。至今五年过去了，我好像写出了点什么，又好像什么也没有写出来。

　　这些年，读了一些书，意在为新的写作打底子、找方法，但我发现，一旦动起手来，一切别人的经验都失去了参照作用，我早已水泼不进，不可救药了。还是尊重和回到生活与心灵本身，土地上的风尘与人的生死，是最好的教科书。

　　我不过是个写信的人，我以文字歌哭、悲喜，以晨起暮歇的有用无用功为世界、为人们、为看见和看不见的事物写信，又以同样或不同的方式接收来信。我不知道我写出的信你们是否收到，而你们的所有来信，我都认真读过了。

马提雅尔说过，回忆过去的生活，无异于再活一次。我有时候在其中活一回，有时候死一场。

谨以此书献给我形已消失的故乡，以及风尘里赶路的、风流云散的人事。

故乡消散的年代，愿我们都有故乡！

2023 年 12 月 5 日

目 录

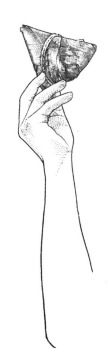

峡河七十里

1 /

　　我不知道 1970 年以前峡河的样子，我不可能知道，因为那一年的大年夜我才来到这个世界。世界上因河流而得名的地方很多，要举例子估计三天三夜也举不完，峡河这片地方也算因物获名的一个。我爷爷说，民国时峡河就叫峡河保，最大的人物是保长，至于民国之前叫什么，他也不知道。他和我一样，不可能知道这个没有任何文字记录的地方更远的身世。我出生时峡河叫峡河人民公社，过了十几年（也好像是二十几年），改了名字叫峡河乡，又过了十年，行政版图上叫峡河村，至于以后还会怎么改名，那是以后人们的事情。

　　峡河这地方有数不清的沟沟岔岔、梁梁峁峁，每个小地方都有自己的名字，黄家沟、牛岔、西河堖、东疙瘩……简单又神秘，没有一个重复的。高中毕业那年，乡政府抽调年轻人参与村庄规划，我被抽上了，拿个本子做记录，跑了十几天，那些奇奇怪怪的地名我至今都没有忘记。这儿的人，无论住在哪个地方，只要走出了峡河，别人问起来源，一律会回答：峡河的！仿佛坐不更名的赴死好汉似的。

　　人们习惯称峡河七十里，说的是东边的西界岭到西边武关河的长度。西界岭往东是河南省地界，这里的山根有一个泉眼，是峡河的源头。在电视里，很多人都看到过长江和黄河的源头，细细一脉泉水，若有若无，寂寂寞寞。再大的江河，它的出生地都差不多，就像人的幼年，有区别的是后来。峡河到了武关就归了丹江，再往下就归了长江，水还是峡河的水，但与峡河就没什么关系了。

我出生的地方叫塬上，按说秦岭南坡没有塬的地理和概念，但怎么就叫了塬上，这是一个谜。1998年冬天，我们全村去另外一个很远的村参加农田基建会战，那时候年年春冬两季搞会战，不是修路就是造田，国家叫再造山川秀美大西北工程。有一天傍晚，我独自从工地回家给工队拿菜和粮，在抄小路登上武峰山顶时，落日如盘，金辉无边，我第一次面对面完整而又真切地看到了塬上的全貌：一只手掌，立在一片山坡上，指尖是北巅的群峦，再往北，群山如涛，我不知道它们延伸到了哪里。人烟都集中在了掌心部位，沟壑形成了手掌的纹理。峡河从塬下流过，那些纹理带着溪水、花花草草与峡河相接，成为它的一部分。那时候，塬上人烟鼎盛，有近六十口人，大家晨起暮歇，还没有外出打工的念想，也就是说，没有一个人逃出塬的掌心。现在，塬上只剩二十口人了，人们纷纷逃出，以各自的生和死的方式。

1975年，塬上出了云母矿。我的整个童年、少年时期都与云母有关。

峡河人把狐狸不叫狐狸，叫毛狗。云母矿是一窝毛狗发现的。那一年，刘席匠喂了一群鸡，鸡长得好，蛋也下得好，每天产出的蛋，几乎和鸡的个数相等。有一天，刘席匠发现蛋少了一个，数了数发现鸡也少了一只，第二天，发现又少了一只鸡。他顺着散落的鸡毛找啊找，找到了松树梁上，发现了一个毛狗洞。毛狗洞是倾斜向下的，细细长长不知深浅，毛狗们出门去了。刘席匠见过不少动物的家，这个洞算得上豪宅，洞墙上贴满了金光闪闪的壁纸，细细看，是云母。刘席匠知道云母是一种工业材料，能绝缘，紧缺得很。云母不是贴上去的，是石头里长出来的。刘席匠知道，毛狗是聪明，但它还不会用糨糊。云母有小块的，也有大块的，他用力掰下来一块，像一个装订精致的书本，与书本不同的是，云母不但能一层层揭开，还能要多薄有多薄。

刘席匠将一块薄得不能再薄的云母贴在一只眼睛上，他看见对面山上有一个人在开荒，开荒人手里的家伙雨点一样落下，而更南的山顶，一场雨真的来了。

2

大规模开采云母矿，是两年后的事了。

这时候我长到七岁，开始上小学。学校在峡河边上，秋天满河的芦花，白得没边没沿，夏天芦苇丛里藏了数不清的小黑鱼。学校东西两边各有一棵树，一棵是柏树，一棵是柳树，它们互不相干又互不服气，把风和叶子往对方身上吹。小学的生活内容就两件事，一件是读课本，另一件是在两棵树下撒野。从小学一年级到六年级毕业离开峡河去镇上读初中，无法无天的六年里，我们听到最多最响的声音是上课下课的铃声，其次是爆破声，它发自云母矿坑，不定时也不定量，充满了突然性和暴戾。戏剧性的是，二十年后，相同的爆破声在我手里接着发生，延续，响彻十六年，直到我的右耳渐渐失聪，肺里布满尘埃。现在，它们又在我的梦里向暮年延伸。

开矿的工人住在我爷爷的茅草房子里，爷爷住东屋，他们住西屋，而大量的云母堆在厦房，它们被分拣，按质分装，运到峡河边的加工厂，由女工们加工成薄片，运到城市的工厂。开矿的工人和加工厂的工人都是各村挑选来的青年，他们发了工资就交给所在的生产队，记工分，分粮食。后来，云母矿开大发了，矿工们在矿边盖了房子，其中有位青年，若干年后，做了我的岳父。

残次的云母叫云母渣，供销社里收购，二分钱一斤。星期天和假期，我跟着大人们去云母矿捡云母渣。那些年，它几乎是峡河边上人们唯一的收入。

开始的时候，很容易捡到，云母被爆破的气浪带到空中，落得漫山遍野，再好的云母，经过爆破，都变成了渣，工人们懒得去捡，他们只要那些好品质的、大块的。一段时间山上的云母渣被捡得少了、完了，一茬炮又崩出来，循环往复，总也有捡的。漫山捡云母渣的多是老太太和孩子，背一个口袋或一个竹筐，拿一柄小镢。有力气的人看不上，他们人手一柄大锤，见石头就砸，有的一块石头，能砸出几十斤云母。最热闹的时候，我看见过上百人捡云母渣的壮观情景，人们欢天喜地，仿佛不是来捡云母的，而是来看戏的。

捡云母渣的过程中，发生过许多故事，有人被石头砸伤，有人因争抢一块石头打架，还有日久生情的，但比较起来，还是刘席匠那个云母坑的事更有意思些。

松树梁北面有一条沟，是条旱沟，只有阴雨季节才会有水流。有一天，刘席匠砸了半晌石头也没砸出多少来，心里很不痛快。他到北面去方便，小便冲出一块云母，闪闪发亮，这是一片高品质的云母，不是渣，上面没有一丝折纹，镜子似的。他用手里的锄头刨了刨，下面露出绵延的云母矿石。他白天不敢开，一方面是因为生产队里要上工，另一方面主要还是怕别人知道，山上的东西，见者有份，并不是谁可以专有的。刘席匠白天上工或打席，晚上上山开云母。那时候没有电灯，他让老婆掌一盏煤油灯，煤油灯昏暗，只能把捻子调大，所以特别费油。

刘席匠的云母矿坑被人发现时，已经是第二年夏天的事了。其实不应该被发现，刘席匠做得很隐秘，白天都用树枝草叶把洞口盖上，伪装得不露一丝痕迹。事情败露在煤油上。那时候只有唯一的供销社柜台卖煤油，一般一家人一月一斤就够了，刘席匠一月灌三斤，且月月如此。供销社柜员老周觉得不对，报告给了民兵连长小黄。

黄连长带人找到了刘席匠的矿坑，矿坑已经打到了十几米远，延伸到了山体深处，洞体有宽有窄，有高有低，曲里拐弯，像藏着无数秘密，其实什么也没有。矿洞四壁都被煤油烟熏黑了，使人不敢沾身。人们提来了一桶水，泼在壁面上，壁上稀稀疏疏的云母立即无比耀眼。掌子面有一盏用葡萄糖瓶做的煤油灯，还有半瓶油。

没有卖完的云母自然被没收了，有两千多斤。大家也没有为难刘席匠，只把坑口封了。两年后，包产到户，大集体解体。刘席匠再没有打席，带着女人、女儿一家人回到了老家河南南阳。如今，夹带着峡河的丹江水从他的老家被送往北京。我记得刘席匠的女儿叫莲，有一双惊鸿似的眼睛，一根永远打不散的辫子，别的，都记不清了。

两年后，云母矿倒闭，工人们各回各家，风云十年的集体企业风消云散，不是因为资源枯竭，而是因为云母被别的工业品代替。峡河的人们也不再依靠云母渣维持生计，开始四出打工，有的去南方工厂，有的去北方矿山，只有刘席匠留下的矿坑还在，牛羊和鸟兽们经常在那儿饮水，绿洼洼地瘆人。

3／

峡河八五大水那年，我十五岁。

那天是星期六，同学们都回家去了，我因为离家远，留在了学校。教室空荡荡的，我一个人去操场打篮球。没有人可传球，一个人练习投篮。教导主任张老师站在办公室的台阶上喊我的名字，张主任是我的班主任，兼着我们的数学课教师。他说："你快回家，你家里有急事。"我问啥事，他不说，只说："你快回去，我准你一星期假。"我说我还没吃早饭，他转身回去，拿了一个馒头出来，说，拿着路上吃。我拿着馒头边走边啃，这是一个白面馒头，我记得它成形前的袋子上，印着一行红字：富强粉。当时，除了拿工资的人，很少有人吃过这种雪白的面粉。我心想，家里有什么事呢？天阴了，看样子要下雨，我加快了步伐。从学校到家，九十里。

是十岁的妹妹不在了。

走到峦庄街，离家还有二十里，这是我读初中的地方。有一个人从峡河过来回家去，他是我家一位邻居的亲戚，我从小就认识他。他有些瘸，走起来因身体有些摇摆而显得妖娆。相遇时，他劈头对我喊，还不快跑，你妹妹死了！我没有回答他，向家的方向飞跑起来。

妹妹小我五岁，是兄妹中最小的。她出生那年，计划生育政策开始紧张，很多孩子都被流掉了，父亲坚信这一定是个女儿，生个女儿是他最大的心愿，于是，妹妹幸运地来到这个世界。

妹妹的童年和任何一个哥哥的童年没有什么区别。那时候，峡河所有孩子的童年基本都是相同的，没有玩具，没有陪伴，欢天喜地或哭哭啼啼。那时候，所有的人都忙极了，除了自己吃饭，还要上缴粮食，上缴鸡蛋、生猪，没完没了地参加各种建设劳动。峡河那些年开始修通村公路，逢山开路，逢水绕道，逢树砍掉。

母亲没有奶水，也没钱买奶粉，妹妹吃饭油子长大。她的整个童年，饭油子是我来一口口喂她的。所谓饭油子，就是玉米粥最上层可以起皱的部分，据说它是一锅粥的全部精华，富于营养。如果是做豆腐，它就是成为豆皮的那部分。

家里有一个麦草编的碗，里外涂了树漆，油光发亮，结实又轻巧。最重要的是，它非常容易清洗，吃过了饭，用水轻轻一冲就干净了。当然，那时候所有的饭菜都没有油水，后来有了油水，那只碗却再也找不到了。那只碗从老大一个个使用下来，到了妹妹这儿，自然成了她的专用碗。我用它盛一碗饭油子，一口口地喂妹妹。女孩子，特别爱哭，烫了，她哭，凉了她也哭，慢了哭，急了也哭。从没牙到一颗牙，从一颗牙到满口牙。感冒时，她就不吃饭，我在她的碗里放一颗糖精，整碗饭变得很甜，她一口气全喝下去了。糖精只有供销社有，一毛钱五粒，像一颗微型的方糖。

本来妹妹的病还有救，但峡河发了大水，外出的路隔断了。峡河那时候只有一条出山的路，跟着河水走，峡河一发水，它就断了。每年都要断几回，但1985年的那场水，让它断得非常彻底。妹妹就只能在卫生院救治，卫生院只有一个医生，基本没有药，连一支青霉素也没有。妹妹的病由最初的中耳炎发展到最后的脑膜炎。

十岁的孩子不配有一副棺材，帮忙的亲戚，给打了一副松木匣子，匣子的长度正好和她的身体等长。装了妹妹的匣子很轻，两个人很轻易就抬上了山。没有了女儿的父母，日子还得一天天过，只是家里再没有了生气，直到我们兄弟一个个长大，成家，家里才恢复一些暖气。

1985年的那场大水，几乎把沿河的庄稼地一扫而光。后来，这些地恢复了很多年，因为没有了土地，很多青年成了光棍。那一次，一同扫走的，还有一个人，他活着的时候，有事没事都会被批斗一场，玩儿似的，人们因为对他的批斗而增添生活的乐趣和精神。

他的女儿也没哭，说，走了也好，到南阳吃麦去了。

4 ′

离峡河最近的外省是河南，离峡河最近的邻镇是官坡。官坡有唱豫剧的传统，那些年，官坡的剧团年年翻山越岭来峡河唱大戏。官坡只是一个山区小乡，人口一两万，怎么就有了剧团，怎么生存？只有他们自己知道。

峡河地方穷，没有剧场，没有舞台，最开阔的地方就是学校。一唱戏，学校就放假。学生们最爱有剧团来唱戏，不但有戏听，还有自由，想怎么疯怎么疯。当然，不仅学生们喜欢，大人们也喜欢，每到这时，不仅可以放下手里的锄头，如果季节合适，还可以把树上的樱桃、毛桃、枣带去卖掉。

剧团为什么要费力地来唱戏，我至今仍找不到答案，没有人为他们付钱，得到的仅仅是几顿家常饭。这事我问过大伯，他算是一个有学问的人，他说，唱戏的人，喜欢唱戏。后来的生活和人生给了我一些答案，很多事，很多人，因为没有目的，而达到了很美很远的目的，而我们后来的很多事物，因为太有目的，结果离目的越来越远。

2000 年，我正式成为一个打工人，山南水北，四方飘蓬。我听到的最后一场戏是坠子《双孝廉》。这也是峡河演出的最后一场戏。

那是三月，清明节刚过，山上坟头上的清明挂还很新鲜。清明青半山，而这一年，季节的脚步急，峡河上下全绿了，山花开得愣头愣脑。没有戏台，为了出效果，家家户户拆了门板来，在地中央搭了一个台子，像一座堡垒。

《双孝廉》的故事有些曲折，要唱三天，要听懂，得从头一场一场看。家家户户把家伙什从地里扛了回来，似乎听戏是眼前唯一的大事。有人听哭了，有人听笑了，而无论人多人少，演员们都使出了浑身解数，他们唱别人，也唱自己，而无论是别人还是自己，都要认真。峡河从戏台后的山脚流过，眼前的一切与它无关，又无限相关。它也是一出戏，上演了千年万年，演员们、观众们生了，死了，青了，黄了，彼此分离又纠缠。

冯老汉是峡河最好的二胡匠，本来剧团吹拉弹唱都不缺人，他硬要参加到乐队里去帮忙。没办法，团长给他派了个帮闲的角色，他一拉起来，反倒没主手什么事了。

人过尘世多行孝

死后了烧钱燎纸枉费心

灵前面摆的是这花花供啊

见几个亡人能以沾沾唇

伸手甭打啊无娘子

开口甯骂年老人
不当家还不知柴米贵
不养儿还不知道那都报娘恩
…………

踩着唱腔，我上了开往山外的三轮车。此去的目的地是喀什。记不清这是第几次离开老家，这些年，村里一半的年轻人都上了矿山，他们星星一样撒落在秦岭、长白山、祁连山、贺兰山脉，或者大河之侧。

在叶尔羌河边某处一座山上，我和我的伙伴们，把巷道向山体推进了三千米，去寻找和采掘矿脉，有几处被数次打穿。那里没有信号，没有人烟，甚至没有时间的概念，只有隆隆的机器声与炮声。在这里，我们工作了半年，我们都成了沉默矿石和山体的一部分。这是我十六年矿山生活长长链条的一节，微不足道。

峡河三年前被划为长江水源保护区，三十年河东，四十年河西，枯荣兴亡，几经改道，岁月与人烟云翻雨覆，有说是八十里，有人说六十里，而三年前的测量，给出了准确的数据：三十五点四千米。

峡河七十里，七十里的地理与风烟，包含了多少秘密，我似乎熟悉，又一无所知，就像我们自己对于自己，更多的时候，也像老死不相往来的远房亲戚。

绝活

1 /

父亲有一手绝活：看棺断生死。我在很多文章里讲述过很多父亲的故事，这个绝活一直没对谁讲过，一则是没人相信，二则是他不让讲。如今，他走了六年了，我把它讲出来，估计他知道了也不会生气了，就算生气也没有办法。

所谓看棺断生死，并不是通过观察棺材判断受用者的寿数，而是根据打棺工作第一斧头下去木屑飞出的方向和远近，当然，也可能还有我不知道的根据。通常是棺材打好了，主家儿女悄悄问：师傅，你看这棺能放几年？父亲一般不说，或者不说实话，但他会对不相干的人说，比如主家的亲戚和朋友，由他们传到主家耳朵里，这么做仁慈一些。

父亲的木匠手艺是跟外公学的，外公的木匠手艺跟谁学的，已经无从考证，如果一定要追溯根本，大概也能追出点什么逸事来，有意义的肯定不多，但可以肯定的是，外公的手艺并不怎么样。我的童年时光几乎都是在外公家度过的，那时候家里没吃的，在外公家可以填饱肚子。虽然那时候外公早已不在了，但他盖的房子、打的家具都在，它们都十分粗糙，像缺乏营养的人。父亲后来的手艺大部分属于自我升级，所谓师傅领进门，修行在个人，就是这个意思。至于看棺断生死的绝活，是跟人学的，还是长期自悟出来的，已是无解之谜。

1988年秋天，是个平常的秋天，它与任何一个从前和后来的秋天并无不同，芦花在峡河两岸漫无边际地开放，野狗在路上奔跑、觅食，见谁都是一副可怜相，只有争食时才表现出弱肉强食的本性。所不同的是，向来刚强无比的张大良病了，一病不起，他的五个儿子两个姑娘鞍前马后，车轮一样旋转，但病情不见减轻一点。他的家人感到是时候了，请父亲给打棺材。那一年我高中毕业，个子到了一米八多，仅有的裤子成了七分裤，皱皱巴巴悬在半腿上，那时候还不流行七分裤，买一条新裤子成为当务之急。父亲说："和我一块去干活，挣身衣裳。"我就背起木工篓子去干活了。

照例先探望病人。病人躺在一间漆黑的屋子里，屋子仅有一个窗户开在后墙上，后墙后面是一堵山，距后墙一步之遥。山沿上开着一溜灯笼花，一盏一盏，白花花地迎风招展。那时候峡河这儿还没有通电，一盏油灯点在隔墙的孔洞里，这样厨房也能受到灯光的照顾。父亲摸了摸张大良的手，张大良说："伙计，给我打结实些。"父亲说："好，你放心。"张大良有些不放心，说："凤，给你叔拿烟。"凤是他的小女儿，和我差不多大。我记得读小学时，她坐第一排，我坐最后一排，她清瘦得让人老是悬着心脏，她利用我外出读初高中的时间，悄悄长成了低眉顺眼的大姑娘。父亲点上一支烟，我们出去到院子里开工。

野板栗树砍倒困山一年，解板后再水浸一年，除去碱性，才能成上好板材。这一堆板材正是这样的好东西。一块板材百十斤，父亲虽然正当壮年，抱起来依然吃力，所以打棺材的活一直都需要两个人干。把板材架上柴马，父亲把板斧递给我，说："你来！"我举起板斧照着板头奋力劈下去，当然，那地方属于板材多余的部分，在墨斗弹出的线条之外。一片木屑子弹一样鸣一声飞起来，它飞向墙壁，在墙壁上撞击了一下折返到另一个方向，它飞过众人头顶，气势凶猛，最后轻轻落在地上。

吃饭的时候，父亲对张大良说："这么好的板材，可惜你没福分享用。"张大良说："不知道要便宜哪个杂种。"父亲说："不知道，反正你还能活。"棺材十五块板，打了整整七天，到我们离开那天，张大良能下地了，他躺进棺里试了试大小，连声说："真好，真好！"张大良活到了1997年，从电视里见证了香港回归。那口棺材后来给了他最小的女儿睡了。白发人送黑发人是人间再正常不过的事情，只是那口棺太重了，八个人抬得东倒西歪。

父亲和张大良之间有一段故事，两个人算生死之交。有一年，他们去山上打豹子，那时候家家都有枪，那时候所有的动物随便打，那时候豹子已比别的动物值钱。张大良向豹子开枪的时候，豹子先发制人，扑倒了他，他们在山坡上打斗、翻滚，像马超战许褚，半斤八两。张大良十几岁时做过刀客，也不是吃素的。父亲赶到，奋力刺了一刀，刺刀穿过了豹子的心脏，也穿过了张大良的臂膀。

父亲有一次对我说："本来你张伯还能活，但他不想活了，人活得没了意思，不活也行。"又说："他一直想让你做他的女婿。"

2

　　一把大锯，迎来送往，两个壮汉撕扯了一晌午，大树终于被伐倒了。这是一棵长了五十年的槐树，到了春天，槐花满枝，是蒸饭的好材料。大树倒下时，整个山峁晃动了一下。

　　二狗正月初五出门去山西二峰山，那里有开不完的铁矿，让数不清的人改写了活法。二月初的一天夜里，矿上一个人打来电话，自称是二狗的同伴，说人出事了，让家里赶紧准备后事，人这几天就拉回来。二狗早没了爸妈，媳妇也没有生育，两个人三天两头打架，日子过得不像个日子，人活得不像人。二狗媳妇有些姿色，在外面混了个男人，听说很有钱。父亲临危受命，接手他倒数人生的又一场活。另外一帮人，过黄河去领取尸骨和谈判。我因为久历矿山，被分配到谈判团队之列。行前，我找到父亲，说："不着急，慢慢打，人回不回得来还不一定，这事想快也快不了。"父亲说："嗯，我知道，去了口张大一点。"

　　车过风陵渡，黄河滔滔在河床上铺展，桥西的永济，桥东的华阴，一律苍黄萧索，黄土漫漫，看不出有什么区别，只有新麦青青，使两省呈现一片共同的生气。风陵渡大桥是两省的界线，也是无数青年人生的分界线，多少人由此出发北上，多少人由此以另一种姿态回来。想到自己也曾无数次打这里往返漂泊，心里十分难过。大家都不说一句话，司机把面包车开出了大奔的气势。

谈判的难度比内心无数次演练和想象过的要难得多，我们一群人被安排在宾馆里，每天好吃好喝，就是见不到死去的二狗。矿方的人说，别的不用操心，眼下谈后事要紧。可他们死活不想答应我们提出的要求。

到第三天，大家都绷不住了，有人要回家，有人要报警，有人主张再碰面时把对方人扣下，带回陕西，让他们拿钱交换。我说，这都不是办法，大家不要着急，再坚持两天，一定会有新情况出现。大家都没有了好办法，都急晕了头，只好且听我的。在矿山许多年，我深知打工之难，不是难在生死一线，而是难在人死后的博弈。

对方和我们接触的是一个光头，湖北人，十分难缠。绍兴出师爷，湖北出说客，这不是传说。每次谈到关键时，他都要退一步，说回去和矿主商量，每次商量的结果都是从头再谈。我知道他仅仅是一个跑腿的小人物，大事做不了主，或者，他是一个包工头，老板把矿承包给他，风险自担，他确实没有钱或者想尽可能少赔钱。这些年，我见过太多这样的角色与伎俩。

一天晚上，天很晚了，满城的人都进了梦乡，只有不灭的街灯在闪烁，彰显着这个吃资源饭的城市的繁华。父亲神经兮兮打来电话，小声问："谈得怎样了？"我说："还早。"他说："我就知道。"停了一会儿又问："你一个人住？"我说："一个人住。"他说："对你说个事，打死也别对外人说。"我说："好，你说。"他说："不管咋看，二狗没到死期，是不是寒了心，想甩开老家不回来了？你见到他尸身了吗？"我说："没见到，谁也没见到，说是大塌方，人尸骨无存。"父亲说："可能是我老了，疑心重，不管怎样，快回来，棺打成了。"

我不大相信父亲的话，不过，它提醒我确实出来有些日子了，不管如何，得有一个结果。我有一位同学，说话做事都有些派头，混得也有气势。我对他说了情况，让他给光头打电话，压压这小子。不知道他对光头说了什么，第二天，光头点头哈腰地过来了，带来了一只精致的盒子和几件衣服，说："你们来的前一天二狗就火化了，这是骨灰，这是二狗的衣服。"他另外拿出一个包，里面装着十万块钱。它比我们要求的多得多。

三日后，二狗风光大葬，精致无比的大棺装殓着骨灰和衣冠上山入土。半年后，二狗老婆跟着那个相好的男人走了。二狗留下的钱让女人底气满满当当。

我曾问过父亲："世上到底有没有这断生死的绝活？"父亲沉吟半会儿，说："我也不知道，反正这辈子，断的生死，准的多，不准的少。"过了一会儿，又说："唉，也许世上根本没有断得生死的绝活，只是那生死迎合应验得多了，就有了绝活。"

十年后的某天，不知从哪儿来了一帮人，他们开着车，拉着料，把二狗爸妈的一堆土馒头建成了一座大墓，大理石砌面，要多气派，有多气派。建起来，那帮人放了十万响的鞭炮，走了。有人说是二狗派来的人，二狗坐镇县城指挥；有人说不是，可能是谁认错了祖坟。不知道谁猜得对。

这一年，父亲走了正好三年，坟草漫漫，花木无涯。只是他给二狗打的槐木棺一直没有收到工钱，估计那棺木还完好无恙，那棺里的衣冠怕是早化了土。

流动理发人

1/

　　我们移民小区共有五家理发店，在两公里长的襟带相连的门店房散点排开。数火车桥下一家生意最好，因为占尽了地利，但奇贵，剪头三十元。我上过一回当，那天下午急着出远门，又正好经过。那次之后，我再也没有进过他家的门，不但不进门，每次经过门前时都会给摩托车加一把油，把它甩得远远的。小区前门后梢两家店的生意都不好，但也要二十元，如果只理不洗，十五元，反倒是服务和手艺好许多。

　　妇女们基本不用理发，勤洗即可，佐以香水，就能往人前面晃悠，当然染发烫发另说，毕竟爱时髦又有实力的是少数。男人很少在小区理发，理一次发的费用能吃两天饭，买两包烟，或者打半个月要紧不要紧的电话。他们一个月两个月总会回到乡下去一趟，侍弄没荒尽的地，或看看亲戚，顺带也把发理了。剃一回光头，能管三个月。有时实在不得不在理发店理一次，比如儿子一家从外面回来，比如有头脸的人物要上门来，需要光净相迎，会因之心疼好长时间。

　　小区有两个广场，大广场相对排开两行物业和行政机构，除了办事，少有人光顾。群众文化广场小一些，但最热闹，白天人多晚上人也多，跳广场舞的和看广场舞的人头攒动，还有附近来摆摊卖菜的老头老太。广场舞是十余年来小县城一道重要事物，漫延成河，流淌得到处都是。有一回我和一位朋友经过她们轰轰烈烈的阵仗，朋友化用了两句古诗：女人不知生活恨，从早到晚广场舞。她们很多人的丈夫或儿女正在他乡他国奔波飘荡。但这些人不跳广场舞又能做什么呢，在这个根本无事可干的县城。大约半年前，广场来了一位流动理发的妇女，一只凳子，一片披单，几只推剪，生意就开张了。因为没有条件，只理不洗，理完了头的人，回家想怎么洗都行，剪头只收五元。这种早已绝迹的有些江湖味道的理发方式正中人们下怀，因而生意不错。我每次经过她（他），都会停下来看一看。除了手艺，我想看看她（他）们身前身后的生活，那些不容易被看见的留痕。

自从春节时"阳"过后，我再也没有理过发，发长超过了任何往时。今天中午从312国道边的物流点扛了件包裹回来，走到小广场时正好需要歇一会儿，也正好理发的人在。她看了一眼满头大汗的我，欲言又止。那是一双经历过风霜的眼睛，眼中已经没有清澈，只有太多的杂芜。我突然说："师傅，给我理个发。"

充足了电的推子在头顶嗡嗡有声。对吃流动饭的没有半点根基的人来说，需要超常的手艺，更需要超常的认真，任何的失误与瑕疵都会砸掉饭碗。她的手法娴熟，显然经验丰富，但又十分小心，推子走得很慢很细，无微不至。我知道，这一方面是为了出效果，另一方面是想用时长显示与所收资费匹配。碎发落在披布上，有一半是白的，黑白纠缠在一起，白色的布把白色的头发隐没。我怎么也忍不住气急，不时发出咳嗽，我知道身体的抖动会让她的操作失准失形。我说："我肺不好，总是咳嗽，随便理一下就行了。"她问："感冒了？"我说："尘肺，你不懂。"她突然停了一下，说："我懂，我家里也是尘肺。"她说的是她的丈夫。我说："怎么搞的，上矿山吗？"她说："不是，打桩，在延安打了两年桩，给地基打桩，干打，灰土把肺糊住了。"我想起来在北京时，有一位工人诗人就是打桩工，在南方建筑工地打了多年桩。我一直不清楚打桩到底是一种什么样的工作，他写了一首很长的诗《打桩工》让我看，我因而懂了他们与它们。我问："身体咋样？"她说："两年没下地了。"我知道，与地相对的是床，那个男人在床上躺了两年了。

两年前的八月，我去秦岭腹地某县采访，见过一位两年没下地的人。他家住在三楼，一栋连排的搬迁房。他戴着一条十米长的塑料管子，一头连着氧气机，一头连着鼻孔，氧气机放在另一个房间，这样可以减轻噪声。床上，他的被子占了一半空间，他只能靠着它们，日复一日不能躺平。人异常瘦弱，肤色如壁。我离开时，问："还有什么需要吗？"他说："我想晒一回太阳，我有两年没见太阳了。"他家的房子窗户在阴面，离每天的阳光永远一步之遥。

太阳快落山时，我再次经过广场，理发人已经离开了。她的家可能很远，也可能不远；可能在某条街上，也可能在某座山上。总的来说，那是一个很遥远的世界，它与所有的人和生活都隔着距离。她把理下的碎发都打包带走了，每天都这样，一尘不留。很多年前，它们被用来装填沙发，卖到本省外省，现在，把它们拌在土里，是防虫的好材料。

丹江在对面山脚闪着波光日渐盛大，商山的小桃花正在开放，它们的一部分在丹江口北上。

2 /

我有一位表叔是个劁猪匠，同时他也是一位走村串户的理发人。他的理发手艺和劁猪手艺一样炉火纯青。

二十岁前，这位表叔其实一直干着铁匠的活，那时候铁匠还可以靠手艺吃饱饭。他给人打造各式农具和日用物品，如剪刀、菜刀、剔刀、针钳等等，有时候也打一把没什么用场的大刀。再往前溯，他的爷爷、父亲都是打铁的，这样说吧，这是一个铁匠世家。不过，上辈人的手艺都不怎么好，打造出的家具常被人们诟病。至今，老家百十里方圆还流传着一段顺口溜：

峡河有个刘铁匠

打的家具好式样

拉葛藤，顺皮上

砍树子，敲梆梆

只有割肉血汪汪

到了这位表叔手里时，技艺不知道怎么就有了突飞猛进。对他来说，要说父辈经验，那也只能作用在器形上，至于关键的淬火，都在于个人的悟性和灵性。到了表叔正式过日子时，大集体已经解散。他爹前几年死在了水库工地，工伤事故。那时候集体工伤事故不赔钱，赔了一百个工分，每个工分一斤麦子。没有了集体和父亲作为依靠，表叔需要自谋生路。有业兴旺有业凋零，他不再打铁，跟人学会了劁猪手艺。他看得很明白，哪怕天不下雨河不流水，猪总是要劁的，劁猪是个长远的饭碗。但人再聪明，也抵不过世事的变幻，在吃过几年饱饭之后，人们开始进城，全国的农村人都开始进城打工和居住，很多人成了新市民。传统喂猪的事业成了明日黄花。但天无绝人之路，表叔发现无论走到哪里，老老少少都顶着一头乱发，乡村到处缺少理发的人。一般镇上也有理发店，但成本太高，路也不方便。

表叔购买了理发的家什，开始流动理发，但他对重要的家伙之一——一把剃刀，很不满意，商店买来的家伙总是欠火候，不利落，还常常把人刮出血来。他找来了一根弹簧，自打了一把剃刀，装了槽柄，精致锋利又华美无比，可以折叠，重要的是，在给人剃须剃头时，简直如行云流水。

顺着峡河往西走五十里就到了武关，再往下走，过了商南就到了南阳，峡河的太阳每天也落在南阳方向，仿佛两个地方天然有着联系。南阳市有一千万人口，比有的省会都大。人多了，生意就好做，没有人，一切都是扯。从前到今，峡河人讨生活都往南阳跑。记得有一年，一位邻居从南阳背回一袋红薯干，能把人心甜出血来。表叔当然比别人更懂这些。

农村人喜欢看热闹，当然也是因为热闹变得日益稀少，一个出戏曲的地方，早已没了剧团。劁个猪，看热闹的围一大堆。劁完了猪，洗净了手上的血迹，表叔抓住机会摆开发摊，借主人一把椅子，没有椅子，站着、蹲着也能理，坐石头上也能理。刚开始，大伙也不信他的手艺，有人问："能不能理好？"表叔说："我理过的头比劁过的猪蛋蛋都多，你说能不能理好？"

表叔给我讲过一个故事，那是他一辈子接的最大的单，也是他唯一的高光时刻。有一位女孩子，人长得漂亮，色动四方，和对门一位青年谈着，三媒六证，收了彩礼，不知怎么又和另外一个村的小伙子好上了，还准备结婚。男家双方有一天都发现了情况不妙，也都不放弃，要战斗解决。双方都招了一帮年轻人，摩拳擦掌，要展开抢人大战。有一方找到了表叔，要全部理成光头，彰显决心气势。理完了这一方，那一方又找到他，全部理了小平头。如此一来，整整理了三天，三天后双方却偃旗息鼓，不打了，因为女子退了一方彩礼，问题解决了。双方都有些懊悔，但木已成舟，剃掉的头发再也长不回去了。那一回，表叔挣了三百多元。

2010 年，表叔上了西宁。

在此之前，表叔从没到过西宁，连西宁在哪儿也弄不明白，但架不住发小的鼓动。他的那位发小是个角色，十几岁就去了西宁，干过不少营生，最后倒腾土豆发了财。青海出高淀粉土豆，好吃，供不应求，他一倒腾就是十几年。发小对他说，西宁人爱吃羊杂，头发长得快，但人不会打扮，头不像头脸不像脸，你去了一定能给他们的形象增光添彩。表叔开始也不信，后来想想，也是，你看吃肉的人家发就理得勤些。他打起包裹随发小上了西宁。

到了西宁，表叔才发现不是那么回事，西宁人爱吃羊杂不假，几乎天天吃，但不缺理发店。那边风大，天又冷，北风卷地南风也卷地，在外面摆发摊根本行不通。表叔从菜市场摆到居民区，从居民区摆到大马路，从城里摆到城外，从春天摆到夏天，一天根本接不了几个活。发小感觉对不住他，组织一帮朋友支持了他好几回，但总不能每天去理一次，头发长不了这么快。发小的一位朋友在格尔木一座山上开金矿，有一百多工人，但百里无人烟，没个理发师，发小又把表叔介绍到了格尔木。

表叔在青海整整待了一年，辗转了很多地方，尝试了多种活路，最后发现都比理发费力得多，风险也大得多。他最后到了一个牧区，给羊群剪羊毛。那是一个很大的牧区，羊群和大地一样辽阔，人们骑马骑摩托车赶牲口，花一飘起来就再也落不下来，落下来天就黑了。牧人又把他介绍给另一个牧区，这样，剪完一家再剪另一家。当然，其间也给人理发。表叔发现，羊的毛质要比人的发质优良得多，羊毛握在手里是暖的，人的头发是冷的，羊毛不变质，人的头发很快就变色了。他猜想可能是人的饮食太杂，欲望太多，各种营养互相打架，心事互斗，自己把自己克化掉了。

2011年秋天，表叔从青海回来，在家住了一夜，打起行头又下了南阳。这时候，听那边的亲戚说，农户已很少养猪，大型养殖场兴起，也就是说，人们再也不需要游走的劁猪匠，表叔只剩下流动理发一头。不过，他从此也很少回来，据说，他在那边参加了乐班，红白喜事上给人吹唢呐。算起来，表叔也六十多了，不知道还吹得动吹不动，能吹出什么样的花样来。

关于流动理发人和他们的那些生活的千山万水，多不胜言，就是把楼前小店里的纸都买来也写不完。这是一个注定要消失的营生，当然，这也没什么，就像他们走乡串户忙忙碌碌，也没给这个世界的内容添加什么色彩。没有了他们，并不影响人们顶着一头日子，走过春夏秋冬。

老花

有一年冬天，天气还不是太冷，有一些草还显绿，那天我在灵宝一个小包工头家吃饭。他是一位下岗职工，原来在枪马金矿选厂干刮金工。工作没有了，饭还要继续吃，他干起了小包工头。他的妻子是一位中学老师，两个女儿都考上了大学，小儿子正读初中，成绩一样好得很。小儿子大概没有吃过肉，为了招待我，那天菜里炒了肉，孩子一口一口没停过筷，馋劲让人心疼不已，我装作不爱吃肉，把肉让给孩子吃。

　　他家墙上挂着一张视力表，看了说明，测试的距离是两米。我站在两米处，左眼换右眼，没有一个认错的，又站到三米外，还是照旧，连上面的注意事项的小字也读得出来，最后站到了四米远，那些字母的朝向仍然没有说错一个。他竖起大拇指，说："可惜了，你是可以当空军飞行员的，现在拉架子车。"我当时突然想起来一个人，是一位镇医院院长的儿子。那时候整个镇的人都在挖金矿，朝为泥土客，暮成戴金人，差不多的冒险客一夜间都翻身把歌唱了。干飞行员的青年也辞职回家挖金矿了，几个人合伙，开发一个小洞口。那一天从他身边经过，记得他穿了一身迷彩服，胖乎乎的，不知道视力好不好，好到怎样的程度。

　　若干年后，我成了一个爆破工，其实更准确的叫法应该是凿岩工。山南水北，大河上下，干得闻名遐迩，其实更多的还是得力于一副好视力。凿岩工最难的技术是在雷鸣般的噪声和乌烟瘴气中打掏心孔。掏心孔成功，一茬爆破成功；掏心孔失败，一切都是闲扯。在一个巴掌大的平面上，打出七个或十个盈寸的孔，孔之间的间隔要十分相等，从开口到底部，两米深的深度都要相等，不能有半点变形。成功的掏心孔美得像一件艺术品，一朵莲花，让人不忍心炸掉。通常的操作是根据巷道走向，先打出一个孔，以这个孔为坐标，完成其余的孔。最早完成的孔插上一节标杆，一根笔直的木棍或铁棍，外露尺余，机器传动的高速钎杆始终保持与标杆上下左右等距等向。高速旋转的钢制钻杆在动力作用下软得像一根面条，幻影一样难以捕捉，机器喷出的雾气让小小空间烟雾弥漫。十六年里，作为主爆破手，我打出的掏心孔有千千万，失败率大概万分之一，后来若不是身体垮了，可能要一直打到国外，征服五大洲的矿山岩石。在这中间，一副好眼力起了定海神针的作用。

2016 年，在丹凤县城，一位高中同学带我闲逛。她当年是班长，有资格让我替她背着小包，像一个跟班。走到丹江二桥，前面出现一幢建筑，是政府搞的廉租房。在二楼一排窗口下，挂着一条红底白字的标语。小县依然延续着大事小情挂标语的传统，政府工作不能闷声不语，闷声做事只能是个体行为。她停下来，努力眨巴眼睛，问我那上面写的什么。我也努力眨巴眼，替她读了出来。她说她眼花好几年了，我才知道，我也开始眼花了。

第一个老花镜一百度，淘宝上买的，戴和不戴感觉没有区别，只有要在深夜完成稿子时我才会戴上。那时候在贵州工作，负责公众号运营，兼写各种新闻稿。我写稿，一位小姑娘编稿，她是一位实习生。那些图片和文字的处理我既不得心也不应手。

通常的情况是，夜很深了，她发一条信息："陈老师，稿子怎么样了？"我打着游戏，回复："正写呢。"过一阵又来一条信息："稿子完成了吧？"我回复："还有一百字。"再过一阵来一条信息："快发来，明早八点要发出。"我说："好，马上。"马上关掉游戏写稿，这时眼睛已经涩了、花了，打出的字看着重影、模糊，只好戴上花镜。

现在的眼镜是二百度的，二百五十度的也行。有一次淘了一副眼镜，说是能防蓝光，平台发错了，发成了二百五十度的。刚开始戴上，屏幕显示往里凹，似乎距离也远了很多。奈何家里没有多余的眼镜，再买一个，浪费钱，只好将就戴着，半年过去，二百度和二百五十度没有了差别，或者说眼睛正在奔向二百五十度的路上，离终点不远了。

老花对于码字的人是一件糟糕的事，有时候有了想法，打好了腹稿，立了框架，要写一篇大稿子，待真正打开电脑，写了几百字，眼睛不好受，想着人生或许还长而眼睛有限，为了老了吃饭不至于认错了菜，歇歇吧，一歇稿子有头无尾成了废品。有时候有约稿，本来是编辑客气，问有没有时间，想到眼睛不好，就说没有时间。其实，哪里能没有时间呢，只要行动，总有时间。有一回问爱人："有人八九十岁眼力好得不得了，我也不算老，咋就不行了呢？"她说："谁让你白天用眼，晚上也用眼，自己也看，别人也看，你把世界都看完了，眼睛用尽了，不花才怪。"我想想，也是。可能还有一个原因，她每次让我穿针，我比张飞都难。

因为电子产品的普及，我们已很少写字，甚至不会写了，但有些时候又不得不写，比如签书。这些年我有一件事就是给天南海北的读者签名寄书。平台购物那么方便便宜，而读者愿花时间和价钱购你手上的书，这该是多么信任你。我在每本书上签一句诗性的话和名字，但一直困惑是戴镜写得好看一点还是不戴好一点。戴镜签几本，摘下镜子端详一阵，不戴镜签几本，戴上镜端详一阵，这样反复比对，最后发现字都写得烂，实在有负期待。二十多岁时，帮人写过许多情书，成就过好几位有情人。再也写不出那时不急不躁让人顺目倾心的字了，它与视力有关又无关，有关的因素太多，无关的因素也太多，人被生活异化的不仅仅是身体。

再回到开头部分。当年那个小包工头也姓陈，算是一位本家吧。他的家在灵宝去往苏村塬上的拐弯处，刚出市区。苏村是灵宝唯一不产金子的地方，产西瓜和李子。他家那儿很多年一直是死刑犯受刑的地方，一年好几次枪毙人，人见人怕，但又是交通要道，躲也躲不开。那年他为了留住我，压了我一个月工资。三千米的巷道，一吨的车子，能拉出来的没多少人。2014年顺带去找他要工资，人不在家，院子里一棵洋槐树，洋槐花开得雪一样白。树上挂一件皮衣，正是他当年穿的那件，单位最后的福利。虽然老旧不堪，但样子还在，扣子也在。我坚信是它，那时眼睛还没有花。至于他说的，枪马选厂的选池里，当年因为提炼技术有限，人心不纯，许多金子流失在了池底，如今还在不在，就不知道了。

想起来，已有八年没到过灵宝了。

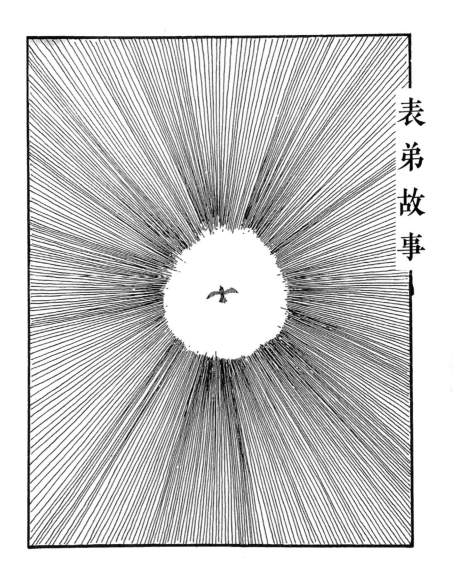

表弟故事

1 /

1990 年之前，在农村，几乎家家户户都有猎枪，所谓打猎保田。1990 年之后，人们渐渐解决了吃饭问题，保田就显得不那么重要了，动物也被以法律的形式保护起来，时代由此转型下一程。

枪也没有好枪，大多是鸟铳，打火药和铁子，枪托加枪管竖起来，比人高出一头。枪管是当地铁匠的手艺，大多由一根铁棍不断淬火、锻打，然后钻通内心而成。它们一律前圆后方，前细后粗，状如台球杆，这样才能保证它的射程、准头和安全。枪不使用会生锈，所以有猎没猎都会拿出去放一枪。去高山上种地背上它，歇伙时，横在屁股下当坐子，干活时随便挂在树枝上，干一天活，鸦雀无声，鸟们不敢靠近。

我表弟有一支单管猎枪，算比较高级的，它来自南阳西峡县猎枪厂，松鼠牌，轻巧又威猛，再威猛的野猪在它面前都是小菜。那时候，我们都还没有讨到老婆，不过，也并不为讨不到老婆发愁，一则是村里遍地都是大姑娘，那会儿还没有打工潮和大学潮，人生都没有选择余地，像野桃花一样，再好的颜色，都开在山上凋在山上；二则是我们有猎枪，对于我们两个光棍，那是比爱情更美好的快乐。我俩常常背着枪，游荡在山林间，如两个响马。

有一天黄昏，我俩准备去打山鸡，地点是他家门前山梁的另一面。山鸡在这儿有几十种，我们要对付的是山顶之鸡，它有些呆萌，很少下山，占山为王，以虫子草根为食，但比较有肉，对得起子弹。它叫的声音特别怪异，高亢又沙哑："大火烤烤，大火烤烤。"有雾的清晨叫得特别急，传得特别远。我俩爬到山顶时，天已经黑了。巨大的月亮从东山升起来，明月皎皎，普照山林，树木花草投下的影子如同一地水墨画。画会随着月亮的移动而移动，月亮在东山时，画是巨幅的，月亮当空，它一下小了大半尺幅。远处的山影一浪高过一浪，波剌有声，排闼向远方，它们随夜晚的到来醒来了。

表弟说："你在这儿等着，我下去收拾它们。"下面有一片竹麻林，竹麻林中间有一片松林，像一片乌云掉在了山腰，那是山鸡的栖身处。我们只带着一只手电筒、一支枪。我坐在垭口，他下山去了。

月朗并不星稀，那一晚，月亮和繁星在天空较上了劲，它们争光斗辉，刃来锋往，结果是地上的每一根草屑都能看得清晰。我坐在垭口树木的阴影里，看天空光芒泻地，风把它们荡开、合拢。不知道表弟到没到松林，下到哪儿了。这时候，我突然听到一群人的走路和说话声。从我所在的位置出发向东有一条小路，直通另一个地方，那是另一个村子，叫黄石板沟。无人的小路有十公里长，那时候，每座山上都有小路，它们联系着人们的生活和生死。他们的声音异常清晰，有老有少，有男有女，似乎都很快乐，但听不清说了什么内容。

我猜想他们一定收获了不少，否则也不会这么晚才下山。没活干的时候，大家都喜欢上山挖天麻，一年四季总是有人上山去挖，更喜欢成群结伙。野生天麻是一种名贵药材，除了出秧子那一个月，其余时间是盲挖，但它喜欢片生，一个人挖到了，一群人都挖到了。对于闲来无事的人，一方面是财源，一方面也是快乐。

我听得很清晰，他们一边交谈一边往垭口走，似乎还有锄头的碰撞声，它们碰到了树枝上，或彼此相碰。脚步有深有浅，男人的脚步重些，女人的脚步轻些，离我越来越近。我把身子往西边移了移，移到了另一片树林里，以免碰到尴尬。过了垭口，就是峡河地界，就到家了。可我等了很久，也不见他们走过来，我猜他们可能并非往这边走，而是往另一个方向走，但细听，并不是。这时候，我听见山下"砰"的一声，枪声拖着长长的尾音，往四面八方滑，滑得又稳又快，边缘越来越薄。一会儿，什么声音也没有了，包括那一群人的脚步和交谈声。

表弟从山下爬上来，气喘吁吁，提着枪和一只山鸡。我问：没有碰到一群挖天麻的人吗？他说，没有，这片山上没有天麻。

我没有告诉他我听到的人声异事，包括后来的所有人。我俩打着手电筒，下山了。手电光越过他家房顶时，他家的老黄狗叫了起来。

表弟的猎枪几年后上缴了，缴枪风暴席卷全国，不缴不行。没有了枪，生活一下少了许多乐趣，日子一天天沉闷，我们开始找老婆。他找了一位民办小学老师，人很漂亮，就是反应有点不灵光，像一只山鸡，为他生了一只小公山鸡。上缴时，那支枪还很新，像没使用过一样，处处锃光瓦亮。他抱着枪睡了一天，一天后，他爬上一面山坡，对着对面的大树，把所有的子弹都打掉了，黄澄澄的弹壳落了一地。最后，他在一颗弹壳里装了一截钢条，装足了火药，钢条几乎与枪膛同粗，他把枪绑在了一棵树上，用绳子拉动了扳机。一声巨响过后，他把枪口堵在眼睛前，看到枪膛变得像受灾的坡地一样毛糙。

几年后，有一些有头脑的人，从外地引进了天麻培土栽种技术。人工天麻高产，品相更好看，从此登上农村经济舞台。说来也怪，野生天麻无人采挖应该更多，它反倒日益消匿，慢慢地，彻底退出了舞台。山上没有了采挖天麻的人，也听不到相关的奇闻异事了，就是有，也大概都遁入了林山深处。

2

沿着峡河逆行，也就是向着源头走，到了一个叫马庄的地方，路分了两个岔，河水也分成了两岔，东边的叫东河，西边的叫西河。两条溪水在这里交汇，也没形成什么气势，只不过在河岸滋生了一片竹园，竹子浓密，浩荡奔涌，夏天里面藏了许多青蛇，也不知道有没有成仙的。

有一年，忘了确切是哪一年，记得那一年从春到夏，天没有卜一场雨，柳树十枯在河边，青蛙渴死在田头。有人筹钱祈雨，抬着龙王泥胎敲锣打鼓。很多人出了远门，去寻找生计。

在东河尽头的娘娘山脚下，有人捡到了几块金矿石。也说不清它们来自山体的哪一处，因为山体总是自崩自裂，泥石流年年有，而一座山的石头都差不多，无法对号入座。那人把它们送到灵宝的一家矿石化验室，拿回了一张化验单，上面仅黄金就有"四十个"，也就是说一吨矿石里有四十克金子。这张化验单传得四方皆知，一时间大家都知道在娘娘山下发现了金矿脉，冒险的人从四面八方赶来，娘娘山下一时人满为患。

这个人叫刘大发，其实他也没开过矿，分不清黄金与黄铜。

这时候，表弟的儿子已经上了初中，成绩好得不能再好。有一回开家长会，班主任把表弟单独叫到了房间里，校长也在里面。校长对表弟说："你儿子是个天才，加把劲能进北大少年班，可我们力量有限，只能送到这一程，得想法把孩子转到更好的学校。"又说："咱这地方几百年没出过天才，别把孩子糟蹋了。"表弟从学校出来，又动心又伤心，在马路边上又清醒又迷糊地转悠了一晌午，末了狠狠心，给儿子买了一身新衣服。回家的路上走一路想一路，最后终于想明白了：还是得挣钱。

在峡河，人人都有开矿当老板的梦想。在并不遥远的小秦岭，大家都见过矿老板日进斗金鲜衣怒马的风光。

虽然娘娘山下一时人满为患，可没有一个人下决心实际投资，因为实在是老虎吃天，无法下口，热闹了一阵子，作了鸟兽散。当时各地兴起发展地方经济，招商引资热，政府三天两头派团出去考察学习，出去的人学习了一肚子经验，却无法施展，急成了热锅上的蚂蚁，眼看着一只金饭碗在手，人都出去要饭。乡政府就在娘娘山下竖了一个牌子：黄金源头。

某一天，表弟突然找到了刘大发，说："人不敢干，我干。"刘大发说："我全力支持你，路随便修，树随便砍，水随便用，挣不到不说，挣了钱不要你一分，最后要是发了财，在矿山给我立块牌就行。"表弟说："啥牌？"刘大发说："就写上发现黄金的人——刘大发。"

说干就干，表弟去河南买回来了设备，空压机、风钻、水管、风管、电线、发电机，多得数都数不过来。当然，这需要一笔巨款，不过，绝大部分不是他的钱，是一位大人物投资的。看似蛮干，其实不然，表弟在真正的矿山干过几年包工头，积累了不少经验。我问赔了怎么办，他说古来富贵险中求。我确信，他是赌上了，而对于很多人，哪怕是赌，机会也不是很多。

坑口选在半山腰一个有水的地方，一则是水生金，有水才有金，二则是矿渣有地方倾倒，待渣倒满了山脚，山体早打穿两个来回。机器上山那天，动用了整个东河的年轻人，政府也来了人。在峡河开金子，这是开天辟地第一回。几十个年轻人，把机器绳捆索绑，扛起来喊着号子上山，老人和妇女在前面拉纤。几年后，我在另一座矿山看到了相同的版本，同样热烈壮烈。这一天，所有的人都热血沸腾，峡河的土话用来喊号，峡河的俚调用来吼唱，峡河的太阳用来照耀。

3

　　娘娘山并不是一座大山，它的体量有限，它属于哪个山系，很难说清。秦岭偏离这儿三百多里，伏牛山在西峡停住了脚，很难说娘娘山与谁家有关，也很难说与谁家没有关系。但麻雀虽小五脏俱全，它依然有着所有山体结构的复杂性。洞子掘进到二十米的时候，掌子面出现了一道明显的矿脉，石头中间夹了一条破碎带，有星星点点的硫体混合其中。两位炮工都是老炮工，他俩停了机器，飞跑下山向表弟报告。表弟这天作为致富代表去县里开会，走不开，告诉他俩，去找我表哥看看。他说的是我。我骑上摩托车，往矿上奔。那是我的第一辆摩托车，红色南方125，两冲程。清蓝清蓝的尾烟在车后拖了很长，像一把新扫帚。

　　我到的时候，工人们正在吃肉，因为见了矿脉，按照惯例，要庆贺。肉是棒骨，煮得不是太烂，大家啃得龇牙咧嘴。到了洞口，可能是岩石结构不好，洞顶龇牙咧嘴，像要吃人。我有点怕，但还是壮了壮胆，进了洞。掌子面上有一条斜纹，把左右岩石分成了两种性质。我用手指抠了一块斜纹带，带出来，砸碎了，冲了水，里面确有金属成分。我也不知道那是什么东西，那时候我对矿石所知有限。但有金属出现就有希望，炮工问我有什么指示时，我说沿脉前进。

　　跨上摩托车，我看见河水对面柳树林里有一个人在小便。我曾听到过无数版本的故事：有个人上山尿急，冲地上小便，冲出了一个金疙瘩，后面山上也发现了一个金矿，这块金疙瘩换了一栋楼……我多希望这个人也冲刷出一个金疙瘩，这样表弟一定会发财。

矿洞打到五六十米的时候，表弟有一天接到一个电话，对方诚邀他到甘肃迭部去一趟，谈一个矿山项目。表弟的矿洞使用的是小机器，掘进到五六十米已耗尽了他的雄心，用时三个多月，但也因此声名远扬江湖。人怕出名猪怕壮，有人邀请合作也是意料中的事。邀请者是一位大金主，在秦岭金矿有十几个洞口，又在迭部盘下了一座山，那是一座锑矿山。老板经营不过来，需要合伙人。

从陇西南行翻过海拔四千多米的铁尺梁，就进入了迭部县境，从梁上可以看到远处的祁连山脉和秦岭山脉，隐隐约约又真实确切地横亘东西。更高的山顶有牦牛吃草，白云就在它们头顶或脚下，让它们真实又虚幻，也有羊群，但一律没有云彩那么白，像开蔫了的花。听说它们有主人，但一年半载很难见到主人一次。可难判断的是，迭部属秦岭山脉。表弟信心满满地说，属秦岭就有希望，在祁连山上当的人太多，不靠谱。

这是一个小型的藏区，在此生活的都是藏民。没有人知道他们为什么喜欢住在高山之巅，放牧为主，种地为辅。其实山下条件要比山上好很多，有公路有大河，土地连片又平整，至少比峡河强百倍有余。接待的人引领着我们在山上转，说草木下面都是锑矿，能开一百年，只需要建一个选厂，就等着每天收锑锭，但有一个问题，就是怎么说服藏民搬迁或同意，因为他们说有一些山是他们的神山。最后说，老板在美国治病，他患了肠癌。又说，老板相信你能摆平这事，因为听说娘娘山都被你打穿了。他们可能有误解，娘娘山上根本没有娘娘庙，也没有狐仙神怪，就算有，那也是很多年前的事了。误解的前提是误传。有时误传是好事，有时误传是坏事。

我觉得这是件比登天还难的事，基本是一个梦，也懒得跟着他们转山，就坐下来抽烟。白龙江在山脚奔腾，有水显绿的地方是水电站。福建人在白龙江上修了很多水电站，五里十里就有一座。白龙江水流很急，非常适合建水电站。建水电站基本属于一劳永逸的工程，建成了就坐地天天收钱，相当于开了一个永不倒闭的银行。从这时候开始，我有了建水电站的想法，后来到了很多山川大河，设想构思，都苦于没有钱，望而兴叹。

山上的树差不多被砍光了，用于烧柴和扎篱笆。篱笆从一片平地扎到山坳，从山坳扎到平地，围着一片片荞麦地。它们高大牢固，牛羊对它们毫无办法。有一些零星的云杉，高得一半在天空里。低处的树身上画了人形图符，心脏上扎一把刀子，不知道什么意思。

回来路上，我问表弟怎么样，他说值得干，能发大财。我又问怎么干，他说没法干，他说，要等文成公主转世。

4

矿洞打到了二百米，这是娘娘山的极限，再打就穿了。天渐渐凉起来，娘娘山上起了红叶。

有一天，一茬炮过后，工作面出现了一个大坑，爆破下来的碎石和浓烟全落在了坑里，销声匿迹。往下看，深不见底；往上看，见不到顶。这是一个地质奇迹。阵阵冷气从坑里涌上来，让人打寒战。爆破工说，没有希望了，山空无金。

表弟给我打电话，说他做了个很古怪的梦，不知祸福。我说："你说，我听听。"他说："有一个晚上，天上没有月亮，只有几颗星星，星星也不亮，我一个人走夜路，也不知道要去哪里，在一座荒山里走。不知怎么就走到了一个山洞里，山洞尽头有一个坑拦住了去路，坑和矿洞出现的坑一模一样。我想不能走出去就往回转吧，这时从坑里飘上来一片雾，雾很浓，黑乎乎的，雾里有一个老头，看不清，能看清的是他有三只眼睛，第三只眼不是生在印堂那里，而是生在两眼中间，三只眼成一条线，中间那只特别亮。他对我说，年轻人，要懂得回头是岸，不要一意孤行。然后又飘落回了坑里，不见了。坑里面有一条河，河水隆隆，不知通往哪里。"我说："别信它，梦由心生，这是你想退下来了，也该收手了。"他说："明天来喝酒。"我说："行。"

第二天，进了门，我听见他在打电话，好像在向一个人汇报什么。他说："矿洞打到了头，钱都花完了，没有矿。"电话里那人说："花完就花完了。"表弟说："我尽力了，没有办法。"那人说："没事，回来就是一场行业检查的事。"我似乎听懂了，又没有听懂。我知道那个人就是投资的人，是个大人物，有钱有权。表弟说："那些设备怎么办？"那个人说："你看着办。"然后对方就把电话挂了。

表弟把矿山的破铜烂铁都卖了，卖了五千多块钱。他给媳妇买了条裙子。这时他媳妇早已不教书了，人也胖了，裙子套在身上有些紧，像麻袋装了一袋红薯，显不出粗细。

表弟还是去了迭部，矿主方说服了全体藏民，他们同意搬迁了。走的前一天晚上，表弟对媳妇说："我有可能就不回来了。"媳妇说："要是有个真能帮上你的人，不回来也行。"表弟说："不是的，是我感觉可能回不来了。"媳妇给他在灶上烙饼，灶火红亮，耀得灯泡失色。饼烙了一张又一张。女人的眼泪掉在锅底的饼上，掉在哪里哪里就起一个小泡。

今年三月，我和一个老头住一个病房，本来有四张床，但只有我俩两个病人。他白肺，我尘肺。他是刘大发。

他行动吃力，我经常从外面给他带饭回来。他喜欢吃南方人做的猪脚饭，医院后面有一家南方人开的饭店。慢慢地，我们热火起来，很说得来。他有个女儿伺候他，比我小点，对他也不怎么关心，只顾每天刷手机。据说表弟在追求小学女教师之前追过她，也不知道怎么没有成。

有一回，半夜，我们都醒了，都睡不着。我给他分了半个苹果，他说好吃好吃。吃完了苹果，我悄悄问："那一年，金矿石和化验单是怎么回事？"他说："这个不能跟你说，我到死也不会说。"我说："不说就不说。"我们又谈了一阵，说的是各自人生里的一些章节。他说："有一年，从河南来了一个算命的，给我算命说我这一年逃不过。我本来也不信，可他走后，我总是偏头疼，疼起来让人死去活来，突然觉得算命的说的话可能是真的，在这以前，我从来没有头疼病。人生一世，草木一秋，想着人白纸一样来到这个世间，又白纸一样去了，上面一个字也没有，哪怕是一个墨疙瘩也行……"他说着说着睡过去了。我一直没睡，想了一夜，直到天明。我想起来，刘大发算命那年就是表弟矿山上工程那年。

天亮时，刘大发走了。

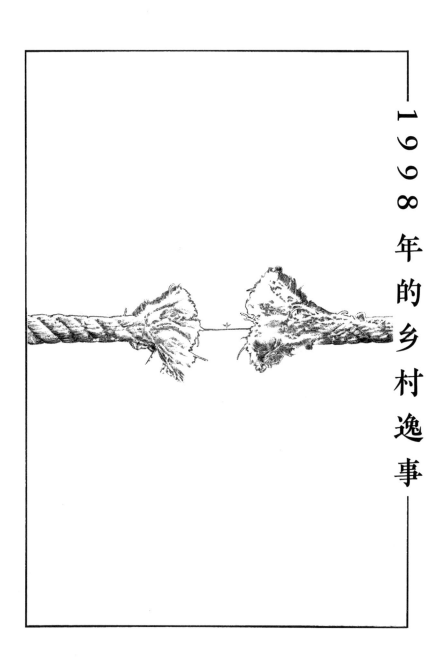

1 9 9 8 年 的 乡 村 逸 事

霜露荏苒，日月如捐，一晃，二十一年过去了。

1997 年 12 月 27 日结婚，四天后，日历就翻到了 1998 年。确切地说，我的婚姻和家庭生活是从 1998 年开始的，无论对于二人世界还是二人之外的世界，这都是一个开始之年。所以，关于 1998 年的家乡世界发生的种种故事，记忆特别深长。下面的故事，有些与我和我家有关，有些无关，有关无关的故事在一方土地和人群间铺展，它们共同构成了我记忆里的 1998。

1 /

1997 年春天，家乡所在地开始大兴撤乡并镇。

记忆里，云翻雨覆，村、组、社这些行政小建制的分分合合从来没有停止过，而这一次，是家乡行政版图最大的一次改革。

上层规划，减少重冗的政府机构，减轻财政负担，有效整合自然、人口资源。城市的工厂和企业此刻也正大规模砸破铁饭碗，并购和重组。存在了近五十年的峡河乡行政机构撤并到人口规模更大更集中的桃坪乡，在行政建制版图上，峡河乡从此销声匿迹了。两乡并一镇，就叫桃坪镇。原两乡的党委和政府班子并到一块办公，其实是简政不减员。有几次去政府办事，看到长长的队伍，在食堂外排成一字长蛇，曲里拐弯的吓人一跳。

那时候，"再造山川秀美大西北"的口号才提出来不久，各项建设工程正如火如荼。只要能写上字的墙壁都刷上了一行行标语，白墙刷黑字，泥墙刷白字，崖壁上刷上通红的彩漆字，醒目又防雨。

多少年都不曾秀美的山川要秀美起来，标语并不能完全解决问题，怎么办？修河堤和修梯田，家乡群众称之为"第二茬农业学大寨"。在交通信息资源都缺乏和闭塞的地方，也没别的事可干。与山川秀美不同调的事，干也白干。

那时候，南下打工潮已在家乡兴起一时，初中没读完的、初中毕完业的、高中读不下去的孩子们，背起行李，成群结伙地向沿海工厂进发，年龄稍长一些的青年和中年们常年奔突于河南灵宝秦岭金矿。老家距灵宝不远，半日车程，可谓近水楼台。

少青中们水一样往山外流，政府就感到很没面子，下乡开会，会场一片白头发，人数寥寥可数，讲话无人应答，干部很生气，感觉没把自己当回事。重要的是，秀美山川谁来造？

围绕矛盾，就有了数不清的故事。这些故事，如一场连续不断的折子戏，在一河两岸上演。

那时候，春冬两季，分别有两场会战，就是把劳动力组织起来进行集体劳动，战天斗地改造河山。每个家庭成员每季不少于二十个出勤工时，学生和过了七十岁的老人没办法出勤，由家庭劳动力来承担，结果是有劳动能力的人，出勤工时常常要翻倍。夏秋多雨，常常发山洪，修路补堤，植树造林，也闲不了。总之，那时候大部分劳动力的时间都花在了公差上。

不能出工的家庭要向村委会缴钱，谓之以赈代工，是对以工代赈政策的巧妙化用。每个工时出钱三十、四十元不等，视工程任务量大小而定。计算下来，没劳力可出的家庭一季工程下来出钱常在千元左右，它远远大过了一个劳动力在外打工的收益。为了不出这份钱，打工者千里万里都得赶回来。

实在不想出工，那时候还有两条路可走，一条是购买城镇户口，当时还叫商品粮户口，有了这个户口，你就是吃公粮的人了，不用再出工差。记忆非常清楚，当时的商品粮户口五千元一人，且能快办特办。这是个吓人的数字，有经济能力的人家，咬着牙给家里的年轻人买户口，能买一个买一个，能买两口是两口。有了商品粮户口的人，再也不用顶风冒雪出工了，走在路上，头脚光净，让那些搬石铲土的人无限羡慕。

另一条就是迁户口，把本地户口迁到山外去，户口不在了，自然也就不用出劳动力了。山外有朋友、有亲戚的人，就把户口迁到那儿去，至于在山外能不能落下新户口，没人管。很多人的户口就这样悬了起来。有位姓康的人家，把家里老人的户口迁到了山西闻喜他大女儿家的村子，山西人不傻，为啥凭空要落一个人的户口？何况还是没用的老头，坚决不答应。那户口就一直悬空着。过了几年，老人得了重病，眼看无医，就回来了。死后，没户口，村里干部不让埋，要补交工程欠款，费了好大劲才入土。

2

　　1998年的春天来得有些早，正月初五刚过，山茱萸花黄灿灿的就开满了枝头，地丁花也不示弱，来不及长高，就着地皮紫头紫脑地开起来。早醒的蜂们忙乱一气，在花朵和巢穴间画出条条直线。

　　新领导班子新气象，本季的工程是修建桃坪镇曹家沟河堤。

　　河水本无堤，在山里，自始以来，都是任由着它的性子流淌，所以才有了"三十年河东，四十年河西"之说，也就有了河水常态与人生常态的真理般的比喻。人们都知道，人是没有和自然抗衡的力量的。最多，在河水泛滥的地方修起一个个龙王庙，让它们自己人管自己人。

　　严格说起来，曹家沟也不算沟，已经超越了沟的形式和规模，一条长长的河水从贾莲岭流出，先细细，而莽莽，最后汇入武关河，奔去了长江。在桃坪境内，这条河有六十里长，有名有姓又无名无姓，一段有一段的小名，一段有一段的脾气。有时急，有时缓，有时宽，有时窄，因势而赋形。

　　河堤工程选址在了曹家沟口。这是一段平缓区，人烟稠密，田地肥沃，最大的地块有三亩大，河水在这里画出一道弯月。人称桃坪镇的鱼米之乡，是姑娘们嫁人首选的地方。

　　工程规划修堤八公里，把弯月的一段拉直。为了完成这一规划，镇水利所专门派人外出考察、学习，据说借鉴了苏州河的当下以及历史经验。选址在这里，也有另一方面的考量。这里是通往邻县商南的要道，再远一点，是河南西峡、南阳。路上车多人广，锦上添花，视觉效果更佳。

镇政府成立了工程总指挥部、质检组、督战组、后勤组、外联组、新闻组，镇长亲自挂帅，共七十人，倾巢出动。要打造成一个样板工程、千年工程，交出一份再造秀美大西北的满意答卷。

督战组下乡，先礼后兵，很快组织起了千人大军。近千人摆在八公里长的两岸河沿上，无限壮观，宛如两道长城。十米一面红旗，红旗迎着一月的春风招展，益添壮色。

修堤，最重要的材料是石头。河床里的石头，经过河水经年冲刷，变得圆润而光滑，留下来的，都是经过了千锤百炼的好家伙。但它们并不是垒石练的好材料，在没有水泥沙料黏合的条件下，石头需要"咬茬"，就是面与面的最大贴合。即便是这样，河里的石头几天时间就被捞得精光。两岸山崖上，能撬下来利用的石头很快也用光了。

县水利局提供了空压机和风钻，物资局提供了爆破材料。河堤工程之外，又添新工程：开山取石。

3 /

空压机和风钻，都是昂昂叫的好家伙，显然使用率并不高，奶黄色的喷漆完好无损，牌子也响亮：开山。全套设备由一辆三轮车临时承担工作中的来去运输。

此时，我和同村的春子在灵宝金矿苍珠峪某坑口学习爆破，他比我早一月到工队，算我的师兄。这是我第一次真正意义上的矿山打工，此前虽有多次矿山经历，但只是走马观花浅尝辄止。那时候，使用的还是导火索引爆方式，用烟头把爆破工作面上的二十几根索头依次点燃。导火索喷出的火蛇状若烟花，常常把工作服烧出大洞小洞，把手指烫出水泡，这个过程惊险又刺激。工作面总是在我们转身飞奔出不远的瞬间轰然爆响，石块和浓烟紧追屁股而来。

有一天傍晚，我们接到镇工程指挥部紧急通知，要求回乡参加建设工程，开山爆破。来不及结工资，当夜收拾了行李往回赶。

为不影响河堤工作进度，爆破被安排在晚上进行。大家下班时，正是我们上班时，而当我们顶着一头石头的白粉回家时，上工的铜号正在吹起。

爆破凿岩组共五个人，三人负责操作风钻在岩石上打孔，两人负责卷制散装的炸药成火腿状。前者在野外，后者在一个闲置的牛圈里。有时候，大家也换换工作。

乍暖还寒，这个词开始一定是诞生于初春的旷夜。到了夜晚，山风猛烈，把河水吹起薄薄一层冰来。从钻孔里流出来的石末被风吹得左右摇曳，像无所适从的花枝。细细的石粉飘散在空中，落在我们头上、地上、松树的松针上。

机器坚硬、冰冷，我们没有戴手套的条件和习惯，常常把手碰撞出口子。卷炸药时，炸药接触到伤口，像针扎一样。一沓沓《人民日报》《参考消息》《新农村》被卷成筒状，填满炸药，再塞进炮孔，炸成屑状，成为这个春天空气的一部分。

导火索奇缺，为了节省每一寸导火索，我们总是把接触连接的雷管装填在炮口的位置，加上手工卷制的炸药密度不够，影响了爆速，爆破效果总是不尽如人意。上千号人等米下锅，我们只有整夜整夜地拼命干。

由于石料供应不上，爆破组受到了指挥部的严厉批评。姓李的指挥长本是行伍出身，在艰苦的西北某边防口岸锻炼过意志和脾气。他发布训令：再完不成革命任务，就抓起来游街。

侯军说自己在矿山干过三年爆破工，但我怎么也看不出他有什么经验。操作机器东倒西歪不说，在装填炸药时，他用一根钢质的钎杆蛮捅，这是非常危险的，雷管受到撞击，很可能爆炸，如果带动炸药爆炸，结果只有可想而知的一种。

晚上下了点小雨，地上处处湿渍，石粉早早落下来，在地上铺出一片白茫茫的薄毡。点燃导火索的任务一直由侯军来完成。他精瘦、细高，手和腿都有速度。

上早工的铜号在对面的山上铺开来，像一阵雾，弥漫得满山满地。炮声终于凌乱地响起来。事后，小红说："侯军拿着烟头怎么也点不着索头，勉强点燃一个，下一个又卡住了，点到一半，我说快跑，侯军还要点。我不干了，转身就跑，侯军又点了一阵才跑。刚转身没多远，炮响了，石头乌鸦一样满天飞，有一颗落下来，钻进了侯军奔跑着的屁股蛋里。"

在镇医院，医生从侯军的屁股蛋里剥出一颗石头，半个乒乓球大小，三角形。好在离骨头还有一点距离。

两条石龙在大河两岸艰难蜿蜒、游动，一天天长大。一场大雨浇过，像要飞舞起来。

4

这是父亲一生里，唯一浓墨重彩的一笔。

河堤工程进入二月初，春光如泻，山桃花开始结出骨朵。二月二，龙抬头，万物都睁开了眼睛。已经到了种土豆的时节。人心开始涣散，有人下晚工后偷偷溜回家去，打起马灯下地干活，有人把自己家的木板做成床板，趁着夜色背去邻省的集市，换成零钱。人到底不是机器，第二天赶回工地时，不是迟到，就是打不起精神，影响了干活劲头。更有大胆的，挑粪埋种，要把土豆种下地才回来继续修河堤。

指挥长有些生气，对督战组下命令，把逃兵抓回来，游街。

李大有不是本地人，他是长安县人，也不是长安县平原上的人，他的老家紧挨着蓝田县的山区，秦岭边上。十五年前，经人介绍，入了本地一位死了丈夫的女人的门。入门时他已经四十岁了，女人多病，他也就没有亲生的孩子。前方的孩也不姓李，姓王，在兰州当兵。

五十多岁的李大有很勤快，前半辈子没名没堂晃悠过去了，总得把剩下不多的光景把握住。再者，不勤快也没有办法，家里就他一个能干活的，儿子远在千里，几年都不回来一次。还能指着谁去？

工地的石料供应不上，工程进度异常缓慢，每天在工地，心里急，也是干急。想着回家陪一陪老婆，她一个人在家吃饭都困难，就回来了。

这天早晨，他挑着一担木桶往河边走，那是一担漆木水桶，老李的手艺。当地的习惯，家里并没有用水缸的，吃完了一挑再去挑一担就是，反正离河也近。远远看着一群人向自己走来，他们骑着几辆摩托车，当时有摩托车的人还不是很多。近了些，看清是镇武装部袁部长，就是工程督战组组长，他身后跟着几个年轻人，也认得的，只是叫不上名姓，他们天天在工地上巡逻。老李感觉不好，担着空桶就往回走。

不知怎么就动了手。老李也当过兵，而且是侦察兵，后来给领导挎过几年短枪。几个人都受了伤，不过都是轻伤，老李受伤最重，脚脖子一根骨头断了。漆木水桶碎成了片，撒了一地。

断了腿骨的老李也没有被饶过，拐着脚，游了一次街，然后到医院打了石膏。

老李给老领导打了电话，老领导把电话打到了县里。当事人受到了批评，要求注意工作方式和尺度。受了处分的领导也窝了一肚子火。

这件事是一颗炸弹，埋进了很多目睹者听闻者的身体里，特别是我父亲。他身体里埋了多少炸弹，没有人知道，他自己也忘了，都被岁月拆解了，只有这一颗最大最重，怎么也拆解不了。

1998 年，父亲五十五岁。谁都有五十五岁，也没啥了不得的，但父亲的五十五岁有些憋屈。先是病死了一头牛，后来自行车又丢了。从此出门来去，只能靠两条腿了。

石练工程以组为单位，以户为单元，每户据人口多少分十米八米长短不等。最挨着父亲的一家人，小伙子才中学毕业，不大会干这个技术活，放上去的石头总是牛头不对马嘴。这一天也是巧，正好质检组的人来到，指着一处要小伙子返工。小伙子犟了几句，这帮人动了手，要把他抓去指挥部接受教育。

父亲突然大吼一声："你们敢动一下人试试！"

声音太高了，传出去很远，他有着唱山歌的嗓子。一河两岸的人一下醒过来，几乎同时吼起来："再动下人试试！"那帮人傻了，一动不敢动，空气也凝固住了。

指挥部的车开来了，又开走了，所有的领导都来了，又走了。毕竟，这事说不出谁对谁错。毕竟，事情可以由复杂变简单。

这一天，整个工程停工一天。父亲只是在黑板报上被写上了名字，受到通报批评。

父亲对家乡建设充满了热忱。所有的人都一样。

5

1998 年 7 月 18 日，峡河发了一场百年一见的大洪水，暴雨整整下了一天一夜，桶伸出去，收回来，就是半桶水。大雨封门，屋里的人们尿送不出去，都尿在了屋檐下，被雨水带去远方。

雨住了，两边山上，像群牛被剥了皮，都是泥石流的痕迹。河里的草、柳树，河边的庄稼地，都不见了。有些地方凹下去，有些地方突了起来，一些大石头也不见了，有一些被挪了地方。不知从哪里来的树木，横七竖八堆了半河道。雨住得猛，水也消得急，它们被搁浅了下来。

那时候家里只有三间土坯房，我还没有与父母分过，人都在时，屋子就显得更拥挤。晚上睡不下，父亲就在牛圈顶上铺了竹帘，支了张床，牛整夜反嚼，呼哧呼哧，父亲整夜睡不着。全家都意识到，无论如何得盖房子了。

满河的木头正好派上用场，比从山上伐下来省事多了。那时候林业政策紧张，墙上有标语写道："你砍一棵树，就是砍下未来子孙的一颗人头。"山上的树长得狗都钻不过去，老死的树倒下来，架在别的树枝上，下过雨，长出木耳或猴头菇。即便这样，盖房的木材指标就是批不下来。

我和父亲都有一身好力气，那时候才从外面引进一种手锯，叫扒扒锯，轻便锋利而高效，一个人就可以操作。没半月，院里木材就堆不下了。松木、椿木、青岗木、橡子木都有，粗细长短齐备。父亲用他的木匠经验计算了一下，三间大房的木材已经绰绰有余了。

接下来的事是修房基。无基不成墙，无墙不成房，地基是基础。当时有个不成文的规定，只要达到了一定人口的家庭，可以先修房后申请地基审批，地基批复的过程十分复杂漫长，而青春的女儿或儿子的成长不等谁。这是地方规则人性合理的一面。

建房基和垛墙的过程虽沉重却简单，漫长平常得构不成记忆，如同每日不值一提的三餐，真实简单得仿佛不曾发生过。有些记忆的是关于上梁的事。

那时候建房特别讲究的是房梁的木材要三椿，即香椿、臭椿和旺椿。香椿和臭椿易得，最难的是旺椿。旺椿树山上并不缺，缺的是好材料。这种树，百棵难有一棵成材料，不是太弯，就是烂心。费了好大劲，终于从老鸹顶上找到了一棵，脸盆粗，壮而直。

那时候杨师傅还在，他是河南南阳人，在这里落了户，是父亲的搭档。他是木匠中的极品，粗细不忤，能画会雕。这天，我们请他给主梁雕龙凤图案。

左龙右凤，栩栩如生，像要飞走，又像被什么绊着。雕完了龙凤，该上的材料已经组装就绪，木架立起来，白亮闪闪，庄重又壮观。给同行干活，匠人们特别用心，每一件木头都刨了光。

杨师傅坐在大梁上唱起来。他有这个悬空的胆量，也有这个特权，十里八乡的主梁龙凤图都是他雕的。在老家时，他是家乡剧团的主角，能生能旦，能弹能拉，特别是一手二胡拉得人回肠九转。这回，他唱的是曲剧《陈三两》选段：

陈三两迈步上公庭

举目抬头看分明

衙门好比阎罗殿

大堂好比剥皮庭

可怜我青楼苦命女

今日落入虎口中

放大胆我把公堂上

问我一言我应一声

…………

　　他两腿骑绞在大梁中央，距地面高有三丈，花白头发和滑稽的大红秋衣被风吹得起起落落，像要飘走。这是一出苦情戏，在今天这个喜庆的场合并不合适。这一刻，不知道他怎么了。

　　他唱了一段又一段，怎么也停不下来，越唱越起兴，越唱越高亢，唱得天地间只有他一个人的声音。

　　峡河在山根流淌。山上的杨树正提前黄着叶子。晴空瓦蓝，白云东渡无息。

　　这一天，是农历八月十四。十天后，杨师傅真的走了。

6

房子被罚款四千元，理由是没有木材指标。

镇林业管理站的年轻人也知道木材的来历，但怎么解释也没用。没有审批指标就是盗伐林木，不抓去坐牢已是手下留情了。

全家头一次开了一夜会，寸肠纠结，最后一致决定：送礼。

第一个被送礼的对象是镇党委书记，他是一把手，只要他一句话，一切都好办了。我和父亲出马。

刘书记的家在县城的一条窄窄的巷子里，问了半天，才找到那副铁皮大门。春节贴下的对联因日久被风雨剥蚀得字迹模糊，与鲜红的大门漆彩对比反差鲜明。刘书记在镇上没有回来，他的爱人，一位扫马路的清洁工正拿着扫帚回来。听说我们从丈夫工作的乡下来，很热情。她戴一副眼镜，门牙少了一颗，说一口甘肃味普通话。

我们带来的是两盒茶叶，叫商南青茶，为了不过于醒目，用一个塑料袋装着。茶叶出自邻县的试马镇，在方圆左近有些名气。每年采摘季节，家乡的妇女孩子们全体出动。

饭桌上，我和父亲忐忑不安，一碗面条都没吃出味道。

说明了来意。书记夫人说："东西你们带走，话我一定传到。"父亲说："一点意思，不收下，我回去咋吃得下饭？"最后，茶叶放下了。

几天后，茶叶被原封退了回来。送来的人放下茶叶，没有一句话。

被送礼的对象接下来是林业站长。他掌握着执法罚款权，罚款多少他说了算。

有了上一次的经验和打击，这一回更加心里没底了。父亲说："算了，你去，我不去了。"我说："最后一次吧，成不成最后一次。"

站长是一位年轻人，几天前已经见过了。我们没有去他家，去了他的办公室。这一回，我和父亲什么也没带，因为根本不知道带什么东西。

站长说："我知道你们干什么来了，什么也不用说，说啥也没用。告诉你吧，镇里财政吃紧，工程欠的材料款都没着落呢。"我知道，他说的是河堤工程。

回家的路上，父亲不说一句话，只是叹息。最后说："算了吧，把牛卖了。"

家里现在有两头牸牛，它们是一对，耕田扒地时，正好配合劳动。黄泥地板硬，又有坡度，一头牛无法把犁拖动，拖动了，也翻不出深度。两头，又常常难以配合，黄牛顽劣，性子倔强。黄牸和黑牸是多年的搭档，从不打架，像亲兄弟。

自我有记忆始，家里就一直养着牛。老旧的牛圈几经翻修，从草顶到瓦顶，从石槽到木槽。那碎石斑驳的屋脚就是见证。父亲常说："你爷爷一辈子日子不好，啥也没留下，就留了几头牛。"

每年霜降时节，父亲在前面扶犁催牛，我们全家在后面撒种撒肥，天地苍黄，一切无语而忙碌。核桃树的叶子从树顶像乌鸦一样落下来，覆盖在新鲜的麦垄上、地坎边。

我们的家族史，我们的日子，就是这样走过来的。

两头牤牛，牛贩子给了四千元。仿佛商量好了似的。

这是我们家喂养的最后两头牛，也是我们村最后的两头牛。从此，我家养牛的历史就断了。也是从这个时候开始，在老家，我再没有见过一头牛的影子。

牛嘚嘚地走在通往山外的路上，它们无事一样，欢天喜地，不时顶碰一下对方的头，不时啃一嘴路边的树叶或青草。父亲跟在后面，突然哭了。

7 /

完成了冬季工程，已是腊月二十三。

天空落下一场大雪来。密密匝匝的雪花落下来，在空中先是斜斜地飘飞，后来变成垂直的降落，雪子打在脸上，有些生疼。深冬季节是没有鹅毛大雪的，鹅毛大雪只发生在还不是太冷的初冬或者已经冷过劲的初春时节。

家家户户开始准备过年。高粱的皮还没有剥下来，蒸馍的面粉还是麦粒，猪还在圈里，柴还在山上，积攒下的事太多了，忙不过来。

我和春子商量着去矿山。矿山最好的挣钱机会不是春天，不是夏季，也不是冷暖适宜的秋天，是人员大轮换的过年季，所谓钱财绝处求。老板从矿上打来了一遍又一遍电话，工人们病的病，逃的逃，他急得死去活来。

爱人身孕已有八个月，大肚出怀的，到了春天，孩子就将出生，等着一大笔钱花。而春子家的女儿小玲，也定在来年四月出嫁，还差着一笔嫁妆钱。

家乡至灵宝要在县城转车。峡河至县城也没有直达班车，要在镇上转。这样一段一段转下来，要花很多冤枉时间和车费。有一种车可以直达矿山，就是后开门的吉普车，我们叫它大屁股。大屁股吉普力大无穷，也烧油厉害，所以票价很高。它一次能乘坐十四五个人。准确的叫法不叫乘坐，叫码，就是人像石头一样码在一起，胖瘦高矮搭配，不留一点空隙。大屁股吉普逢山越山，逢河蹚河，能节省路途和时间。它走的是小路。

八小时，终于到了陈耳。陈耳是洛南县的一个小镇。它是陕西通往河南灵宝的最后一站。我们要去的方向，要在这里下车，翻越高高的秦岭。这是一条最近的路。

一座指天的高岭突兀在眼前，看岭头，群峰嵯峨，隐隐约约，有白茫茫的雪。凭经验，路程不近，已是下午四点，白天留给我们的时间已经不多了。

我和春子背着行李，里面是胶鞋、工作服、换洗的内衣、矿灯、手套、零食……背包沉重。

这是华山以西秦岭的又一道主峰，山坡上，草木倾斜，不远一段就有一个坑口，铺着蜿蜒的铁轨，铁轨在坑内灯光的映照下，向山体内延伸，不知道伸到了什么地方。它们像两根长长的吸管，矿车、工人、混浊的流水，从吸管的一头流出。

成群的骡子，从山上驮着矿石往下走，矿石沉重，把它们的腰身微微压出凹形。小路被长年如日的铁掌开凿出一条深槽。槽内泥泞，无法下脚。从山下向上的骡队驮着各类物资，也驮着人。它们在相逢处，会各自让道。稍稍碰撞，负重的一方都会猛然趔趄一下。

终于到达岭头了。岭那边是河南地界。

残阳把最后一抹余晖涂在我们脚下的小路上，也涂在我和春子汗津津的脸身。从此，它也将涂抹我们新的生活和新的故事。

眼前远远近近是一面面花白的裸崖，像从天上垂下来的瀑布。

8

我总是不自觉地回望过去，回望1998年。相比于后来十几年的矿山爆破工岁月，那些挟风带雨的漂泊生活，这一年的一切，实在算不上什么。可为什么总是回望？

我的父亲，2016年酷夏，在一片蝉鸣声中走完了草一样的一生。走时73岁。

春子，这位一块和着尿泥长大的发小，2008年死在了山西翼城铁矿，我去了结的后事，其间与矿主进行了一星期的艰难赔偿谈判。到底是什么样的事故，发生的矿点在哪儿，至今都是一个谜。

当年镇里的干部们，如今大约都已退休了吧，在最底的基层，他们奉献出了汗水和整个工作岁月。无论成绩大小，都值得尊敬。

至于桃坪镇，2014年又撤并到了现在的峦庄镇，峦庄现在成为一个移民搬迁安置点，一个样板工程。有移民人口三千人，成为一个新的人口、经济中心。

化零为整，积薄成厚，更有效地整合、利用人口、自然等资源，这是一种抱团取暖的方法，也降低了行政管理成本。从这个意义上讲，撤乡并镇对于边僻山村是一种必然的手笔。时间是一把尺子，成效正在显现。

1998，是我记忆口袋里无数钥匙中的一把，它普通而独特，一些门被打开，一些锁将永远锁上。

月潭

月潭在田家湾的一方悬崖下，顺河往下走五十里，就到了武关。

我读初中时，最喜欢和一帮同学下到月潭里洗澡，如果实在没有同学，一个人也洗。如今回想起来，少年的自己真是有些胆量。月潭的半月形状一半受制于地形，所谓因势赋形，一半也怨流水没有魄力。如果流水往南边施展一些，撞开一堆乱石屏障，它就会一分为二，或者完全南行，那就没有月潭什么事了。偏偏它缺了那点最后的力气和勇气。月潭靠近悬崖的一边最深，有多深，谁也没有测量过。有一回，我背了一块石头一个猛子扎下去，中间像经历了千山万水，又像走进了黑夜，耳边只有水声呼呼，在快要窒息的最后一刻不得不无功而返，最终离水底还有多远，不知道。

有一年春天，记得是三月八，清明前还是清明后，忘了。田家湾漫山开满了小桃花，红艳艳像起了一坡火焰。小桃花也结桃，只是没成熟时是苦的，到成熟时又苦又甜，小桃的果核红得像血浸过，能把人的口唇染红，后来成为手串文玩的首选材料。关于小桃，有无数后话。那次放学回来，我们一帮同学又到月潭洗澡。少年的洗澡并不全是为了卫生，更多的是彰显一种男子汉的勇敢。水十分凉，大家都想下水，又都不敢下水，自然我第一个俯冲下去。初入水时，浑身打战，过了一会儿，一出水浑身打战，太阳明晃晃照着，但它没有水里温暖。

这一次洗澡，遭到了同学家长的举报。到星期一再进学校，所有参与的同学被罚站一排，在学校操场上站了两节课。若干年后直到今天，我们都没有搞清举报者是谁，当然，也不重要了。这一次，损失最大的还是我，我的网兜丢了。网兜是上学装馍专用的工具，白馍、黑馍、玉米饼装在里面一目了然。当然，网兜也不是用来炫耀或显示家底用的，确实再没有比它更经济又实用的工具了。同学们用的都是它，很少有背包，背包是好多年后才出现的新事物。记得下水时，它和衣服是放在一块的，待从水里出来，就剩下一堆衣服，它像飞走了一样。同学们沿河往下走，找了好几里远也没有找到。从此，我没有了网兜，上学的干粮只能兜在衣服里抱在身上，直到初中毕业。

父亲六十五岁那年，有一天和我谈起了那只网兜，嘴里不住说，真是可惜了，可惜了。峡河在这只网兜出现之前还没有公路，村里的山货、外边的日用品要靠人工来回转运。那时候从峡河到县城的山路上常常行走着挑着担子的人，父亲是其中之一。父亲说，在县城的街上，他第一次看见了自行车，一个人屁股下夹着两个铁环，在公路和街巷间滚动，又轻快又潇洒，简直像飘一样。有一辆自行车飞过的时候，掉下了一个线团，恰巧被父亲拾到了。那是一窝尼龙线团，尼龙线又细腻又匀称，柔韧极了。父亲猜不出来那是干什么用的，他判断一定是用来编织一件很高级的东西的。他把它揣在怀里，肩上挑着百多斤的担子一路兴奋地回来了。两年后，网兜开始流行，成为新的标配，他就用它编织了一只网兜，毛线粗的纬线与经线，铜钱大的漏孔，提四五十斤重的东西也不会变形，真是一只网兜之王。一个男人一辈子少有杰作，这是他唯一的杰作。

到后来，月潭也练出了我的好水性，我见水就想下去，什么样的水也不怕。许多年后，我和父亲去交公粮，拉着一架车麦子，混在队伍中间。那一年，收麦时，连下一星期大雨，麦子都烂在了地里，从麦粒顶端长出的麦芽，青嫩嫩的绿。我们选了最好的麦子还是不能过关，在针尖似的阳光下，在空无遮挡的水泥院子里排了一遍又一遍队伍，汗如雨淋。到了下午，工作人员也许感动于我们两个人的执着，也许是所有的麦粮都差不多，竟收下了。我们都饿了，拉着空空的架子车往回走，父亲走在前面，我走在后面，像过荒的人。镇子的后面有一个小水库，专为镇上机关单位发电用的。那时候全镇都还没有通电。白天聚满了水，晚上一夜用完，如此往复。我一个人悄悄去了水库。小水库里的水要比月潭的水温热一些，混浊一些，似乎浮力更大，像绵密无尽的日子一样，把人洗净又洗脏了，托起又沉没。洗了一半，父亲急匆匆赶来，不知道他听谁说的，准确地找到了这里。回家的路上，他说，男子汉经风经水也好，人活一辈子总是要经历风浪的，但要把它拿得住，不要被它拿住了。他掏出一把麦子递给我说，一粒一粒地嚼，就能走回家了。我把麦子一颗一颗丢到嘴里，被抽了浆的麦子其实就是麦芽，离麦芽糖只差一步，香味与甜味更加浓烈又悠长。一把麦子下肚，身上立即有了力气。那一年，我十七岁。

有一段时间，苘麻在峡河特别吃香，山上地边种满了它们。那阵子流行一种边耳鞋，专用苘麻编织，底子帮子没有别的材料。其实就是凉鞋的一种，夏天穿着轻巧又凉快，冬天也可以穿，包上苞谷壳子。但苘麻并不是高产的东西，好大一片地才能产出一斤麻披。苘麻有个特点，要在水里长时间浸泡，否则剥不下来。月潭首当其冲成了麻池，铺天盖地浸泡上了麻秆。记得有一个不远的地方叫麻池沟，可见泡麻传统的悠久和规模。

泡麻的几个月里，我们再也无法下潭洗澡，但我们会经常去潭边捞鱼。苘麻似乎有毒，浸过的水变得墨绿又浓稠，下游几里长的河水都这样。一些鱼翻着肚皮，漂在苘麻之间，我们捞回去，撒盐烤了吃，美味无双。峡河没有别的鱼种，只有一种叫鲈鱼的，全身黑色，长不大，非常难以捕捉。这下好，苘麻帮了我们大忙。有一只老鳖，不知活了多少年，浮在水边奄奄一息。苘麻一年一年把月潭的水族杀个干净，月潭一年一年又把水族收拢哺育起来。

苘麻搓出的绳子特别结实，捆柴，背多远也不会松，当然也可以捆人。有一对男女好上了，但双方家里死活不同意，他们就一起逃到了河南，河南产粮食，好生存，饿不死人。有一天，男人偷偷回来取东西，他家里有两块奶奶留下的银圆，被女方家人发现，告发了。逮捕他的人把他审了三天三夜，他什么也不说。最后，那些人把他押走了，用苘麻绳子把他捆成了一只蜘蛛。两个月后，女人回来了，怀了身孕。女人哭了一场，投了井。

1992年，峡官路拓宽，逢山开道，遇水架桥。为了使道路更加便捷通达，一些地方需要改道拉直，月潭正在其中。施工队是来自另一个乡的一群人。那些年，这些群众像军队一样随时随地被征集调用。他们用拖拉机拉了三天石头沙料，月潭不为所动，于是他们开始在月潭上方凿炮眼，要用炸药把悬崖轰下来，填平潭水。

岩石坚硬极了，他们整整凿了十天，凿进去一个四五米深的洞。使用的方法科学又笨拙：用钢钎凿出半尺深的细孔，装上炸药，不堵炮口，轰一声，细孔被拉粗拉深一截，周围的石质在炸药的作用下，变得脆弱。再如此操作下一轮，这样一寸一寸凿下去。最后凿成功的炮孔装填了二百斤炸药，计划是一炮成功，山体下来一半。

点炮的是一位中年人，他的人生里盛满了经验，爆破经历是其中之一。山头上吹响了冲锋号，所有的炮手开始点导火索。他一下就点着了，干净又利索，索头哧哧冒着蓝烟。就在转身起跑离开时，他脚下一滑，掉进了月潭里。他不懂水性，挣扎了一阵，蓝洼洼的水很快把他吞掉了。山头紧急吹起了熄灯号，但所有的火索都已点燃，所有人束手无策。

十年后，他的儿子，一个英气的青年成了我的搭档，成为一位优秀的爆破工。我们从南疆到北疆，从南国到北国打穿了无数山体。我和他委婉谈起过他的父亲，他只知道父亲在他很小的时候死了，上一辈人的生活和其他，他都不记得了。确实，生活一日千里，我们常常连当下也记不住。

峡官路，繁忙又寂寞，过年节时，车水马龙，平常不见一人，这些景象成为一方生活的有形隐喻。没有人记得，有一个地方叫月潭，在月潭深处，有一个人将身体不甘地托于山阿，成为路基永远的一部分。因为一个时代已经彻底结束了，它离今天日益遥远、模糊，彻底泯然于时间和记忆中，而更加崭新的时代正在迎面奔来。它们将层层叠垒，成为一道新的时间的悬崖。

崮麻

1

峡河这地方有些奇怪，比如有些草草木木连当地人都说不清所以然，比如苘麻。那时候，峡河两边的坡坡畔畔生满了这种说不上高大也说不上矮小，说不上有用也说不上无用的植物。它们从坡底向坡顶上铺展，空地上长，树底下也长，庄稼林里长，没啥泥土的地坎上也长，强势得不得了。

有一年，村东头的一等地沙坪种了早玉米。那时候缺吃的，打算用来接青，大伙侍弄得格外用心，玉米们也长得格外用心。到了锄二茬草时，大伙进到地里一看，苘麻长得比玉米还要用心，不但高出了一头，那强势的枝丫还向四方拼命伸展，玉米反倒成了次要角色。队长来贵很生气，大手一挥："今天给老子拔它个断子绝孙！"大家拔呀拔，拔了一整天，算是彻底消灭。到了锄三茬草，大家看到又是一地苘麻，那艳红的、鹅黄的花，堂堂正正挤眉弄眼，开得无比放肆好看。来贵命令文书给乡里打报告，看有什么有效的除草剂没有，文书从早熬到晚，就是不会写苘麻的苘字。村里只有一个高中生，当时正在县城那边出公差修水库，什么时间回来谁也不知道，问也无处问。至于苘麻什么时候、从哪里来的，有什么属性和危害，就更加一无所知。就是说，苘麻是熟人里的陌生人，大家虽然年年岁岁相处，但彼此都因无关紧要而漠视。

要说苘麻一无用处，那也不公正，比如那秆上剥下来的麻絮子，除了披麻戴孝用，也可以编织犁绳，就是耕田时把犁头和牛身连在一起的绳子。这绳子只有一个要求，那就是结实，能承受千斤之重，还要耐腐蚀，也只有苘麻绳担当得起这重任。相比之下，更受重视的苎麻只配纳鞋底。

苘麻成熟的果实很好看，像开了新齿的磨盘，人们又叫它磨盘果，其实根本不是果，就是一朵蓬。人们家里蒸了白馍，打了面糕，就用它蘸了桃红色的朱砂水，在上面印花。印上去的花一朵一朵的，有十瓣的，有十二瓣的，纤细惟妙，疏密相宜，任你再好的笔，再美的粉彩，再精的手艺也不能比。我们那时候最爱做的一件事就是把热腾腾的馍皮揭下来，先吃馍身，一口口吃完了，再吃馍皮，转着圈咬，最后吃到剩一片磨盘花图案，红艳艳的，在手心让人心疼。

2

胡二是我爷爷的朋友，我见到他那年，他大概就已经有六十岁了。胡二非常能活，活到了八十二岁。在我们家乡，我没见过活到八十岁的人，感觉那是一个妖精。胡二是邻省河南人，虽说是另一个省，其实就隔着一座山，他家那地方叫沙河。二十年后，我去灵宝打工，有一回通往卢氏县城的西安岭修路，车走沙河。车跟着沙河走啊走，我看见沙河和洛河汇在了一起，变成了另一条大河。沙河清澈极了，沙子白亮白亮的。两边的房子和人烟又老又旧又哑，像一串梦。我努力猜想胡二的住处，想着他的房子的样式和他在里面的生活，可怎么也猜想不出来，那时他已死了好几年。

胡二怎么和我爷爷成了生死之交，我也不知道。我只知道胡二每年会从沙河买了麦子给爷爷背过来，也不多，每年两三斗。那时候峡河缺粮食，也没有谁敢交易粮食。其实沙河也没有多余的粮食，但那边政策松一些，自由一些，那边的镇上三天逢一次集市。关于为什么两省那么近政策却松紧不同的问题，我专门请教过读过很多杂书的大伯，他的回答是：陕西出过秦始皇，秦始皇对人狠，所以陕西的政策从来没有松过。而河南出了赵匡胤，赵皇帝是游侠出身，见过民间的苦，他心软，就对百姓没那么严。我觉得没啥道理，又觉得有道理，因为讨饭的人年年往河南走。

胡二每年都来爷爷这儿住一个月，他炸狐狸。那些年，山里狐狸多，炸狐狸卖狐狸皮也算一门营生。

胡二每年来这边的时间是八月。八月连阴多雨，他天天披一件苘麻蓑衣。苘麻蓑衣被雨水淋湿了有一股臭味，这种臭味没法说出来，是臭味里的另类。我之所以一直记得胡二，是因为记得他身上散发的味道。至于炸狐狸为什么是八月最好而不是别的时节，这是另一门学问，这门学问随着胡二的死永远消失了。

胡二会制一种炸药，黄红色，体量很小，威力很大。它非常敏感，两根指头一捻就会爆炸，所以只能包在纸里，封在蜡丸里，不敢示人。若干年后，我成为一名职业爆破工，对各种炸药都有研究，但依然对胡二的那种炸药无解。我听爷爷说过，那种炸药里饱含了硝和瓷粉，不是一般的瓷器的粉，是青瓷的，一片瓷渣，碾碎成粉，只有它才粉而不腻，保持着锐性。

胡二个子不高，又瘦，披上苘麻蓑衣像一个幽灵。他白天睡觉，晚上出去布置炸药。我见过他制作炸弹的过程：一个指头大小的蜡丸，里面灌满黄色的炸药、青色的瓷粉，用肉汤煮过的棉纸将其一层层包裹，最后再用一片煮熟的猪肉裹住，整个过程又小心又神秘，仿佛怕狐狸看见，据说狐狸是世上最有灵性的东西，可以穿墙窥物。他把炸弹放置在了哪些地方，只有他知道，连我爷爷也不告诉。他整夜不睡，入夜把炸弹放下去，清早把炸弹收回来。因为肉经过了日晒会坏掉，发臭的肉狐狸不吃，另外一方面，可能是怕白天上山的人踩到，那很危险。

那时候山上的狐狸特别多，神出鬼没，三天两头总有谁家的鸡被拖走。狐狸拖走了鸡，并不急于吃掉，它会埋在某个沙坑里，过了某个时辰才会吃。鸡主人跟着鸡毛和鸡血一阵追赶，有时候会找到，害得狐狸白忙活一场。因此上，胡二每年都会炸到狐狸，没有空手回去的。

我听见过胡二和我爷爷的一段对话，在东头的茅屋里的炕边。爷爷问："几个了？"胡二答："三个了。"爷爷说："还弄不？"胡二说："够了。"爷爷说："再炸几个，山上多着呢！"胡二说："老天不答应呢！"我知道他们说的是狐狸。似乎懂一点，又似乎一点不懂。

胡二最后一次来峡河炸狐狸，是1983年，那时他已经有些跑不动路了。那一次他空手而归，大约也是唯一一次空手还乡。他把苘麻蓑衣留了下来，大约是觉得自己再也用不上了。这件蓑衣还很新，我披在身上试了试，有一点小。披肩的部分很精致，横的纬，竖的经，密密实实，雨水在这里可以停留而不浸。蓑衣被爷爷挂在了门前的核桃树丫上，他一次也没有披过。下雨或不下雨，它都会发出气味，淋雨后的气味和太阳晒出的气味泾渭分明，一个臭，一个淡淡的香。

过了一年，蓑衣不见了，又过了一年，人们在松树坳上捣了一个狐狸洞，发现那件蓑衣在狐狸窝里，上面卧着两只毛没长全的小崽子。

已经有二十年没见过狐狸了，也二十年没见过苘麻编织的蓑衣了。据说有一年，在丹江口，一帮人坐轮渡过江，天落着雨，他们个个披着蓑衣，像一大家子。船老大把他们送到河岸，船到江心回头看，发现是一群狐狸进了山林。

3

　　西村的水子得了一种病，说不出口的病，睾丸疼，好多年了。有一年，在水沟口修公路，因为没有公路，炸药要到山下人工背。水子逞能，用摩托车载，每趟载二百斤。那时候大家都没有摩托车，只有水子有一辆。他骑着摩托车在没有路的山梁上狂奔，像一匹烈马，人们停下手里的活，行注目礼。有一趟下坡时，摩托车发了疯，颠起老高，最后虽然没有出车祸，但水子的睾丸被狠狠硌在了油箱上，油箱是铁的，肉自然不是对手。

　　水子从此落下了这说不出口的病，好在这病症有时重有时轻，要不了命。他是个害羞的人，不好意思去医院，疼严重了，就自己买点药，头孢、阿莫西林啥的，消消炎。也因为这个问题，水子一直不敢谈女朋友，怕不好交代。其实水子挺帅，挺招人喜欢的。

　　有一年，人们在五峰山下发现了云母矿，云母矿石漫山遍野，好像储量很大。那阵子各地都在抓经济，招商引资。水子从河北招来了一位老板，水子在他手下干过活，算是熟人，这位老板就给水子安排了个管理的工作。那人在保定开铁矿，发了小财。我见过一次这位投资人，头发皆白，挺斯文的，不像是个暴发户。

　　机器到位了，材料到位了，工人到位了，轰轰烈烈干起来。

　　不出意料，最后的结果是血本无归，开矿人多数是这样的结局，再聪明的人，也不能把山体里的秘密识破。老板无颜见江东父老，把身上贵重的东西打了个包，托水子去县城给家里发快递寄回去。水子捧着包裹，心里难过，想着人是自己招来的，落得如此下场。他摘下手表，要一起寄给老板的家人，也算减少一点愧欠。这块手表来自印度的一个地摊，那一年水子出国打工，在地摊上见了它，摊主说值几万元，水子以三千元买下来。打包裹时，快递员要例检，打开包裹，里面有一封信，水子忍不住打开了。

老板被从鬼门关拉了回来。在病床上，他一声长叹，握了握水子的手，说："你也不要难过，是我自己太贪，到处找投资，人命里有多少财，是有定数的。"说着，让水子拿来笔和纸，又说："小伙子，我知道你的病，这些年我看出来了，我年轻时也有过，给你写个方子吧。"

水子接过来，白纸上只有一行字：苘麻根、苦蕺根、苍耳草各若干，鸭蛋一个，酒煎服。

水子的病后来怎么样了，村里人没人清楚。他随老板去了河北再也没有回来，据说做了那人的女婿。

关于苘麻与苘麻的故事，我只知道和经历过这么多。在峡河这地方，很多年很少见过苘麻了，只有芦苇一年比一年恣肆，在遍地的花花草草中日益独大。苘麻这种用处日少的东西，最终注定是要消失的。但它毕竟和我们一起头顶过同一片日子，一同在泥水风光里荣过，枯过，如今回望它们，也是回望我们自己。

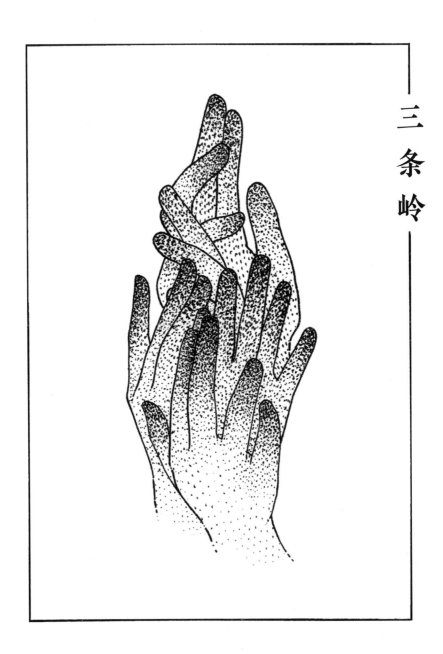

三条岭

从十九岁那年春天第一次出门远行开始，由家乡至县城的这条曲里拐弯的山间公路，往往返返的趟数和几十年里做过的梦差不多相等。

今天说说与横亘其间的一座并不著名的山岭三条岭有关的一些故事。谁说不是呢，故事也是横亘在人与时间里的山岭。

初二那年，全县进行乡村公路大整改。所谓整改，就是把路基低的地方垫高，高的地方削低，弯的地方拉直，直的地方变得一眼能看清前方来者是谁。这些小工程，说起来容易做起来并不简单，总是一而再、再而三地折腾。普天下的工程从来没停止过整改，当然，也不仅仅是公路。

三条岭的垭口有些高，有些窄，有些不近人性，年年落在岭上的雪总是最晚融化。从南向北的人，从北往南的人，到了两边山下，看着岭上白皑皑的雪，止不住发怵。这一次整改下了大功夫，首先在垭口上立了一块白铁皮牌子，上写"三条岑"三个大字，以示工程和决心的浩大。我们这些上学下学往返两地的学生都不认识这个"岑"字，自惭形秽于学实在是白上了。

经过一冬的苦干，公路终于整改好了。垭口落下来五丈。落下来的垭口不再像垭口，更像一道万夫莫开的关隘，竖在半坡的白铁皮牌子高高在上，像一面凝固的旗帜。每一次经过，我们都要捡一抱石头，奋力往铁皮上扔，一边扔，心里一边骂："狗日的，谁叫你让我们不认识。"其实这时，我们已经都知道，那是个"岭"字。

白铁皮牌子终于扛不住了，在一个风雨交加的夜晚一头栽倒下来，第二天又正好被一个远来经过的货郎看见。他把它裁成了一块块小铁皮，做成了一大堆土豆皮刨子，在街上出售。小镇人从来没见过这么乖巧又好用的土豆皮刨子，争先恐后去抢。从此多少年里，漂亮的铁皮刨子削尽了一岭两乡的土豆皮。

在有电商之前，至少是镇上没有像样的超市之前，老家人穿的衣服、鞋子、帽子、日常用的七零八碎，大部分来自小商贩之手。走乡串户吆吆喝喝的小商贩一律来自南阳一个叫贾宋的地方，改革开放之后，那是一个有名的小商品集散地。他们成群结队或一人独食，肩挑背扛着大包小包的货物行走在乡间。他们一律晒得黝黑，像半个非洲人一样，但声音一律洪亮，带着婉转的尾音，出口成章，好听极了。二十年后，我到了南阳，发现南阳太阳的热度，的确是峡河的两倍。而南阳的语言自成体系，当地有一种戏曲叫大调，抑扬顿挫，爱恨分明，说不清是由它们诞生了南阳语言，还是南阳语言诞生了它们。

其中有一个小贩叫老杨，一副沧桑的面孔，显得年岁不详。如果以行贩的年头算，他应该叫老贩才对。早些年，他带着一个哑巴，一人一担，叫唱得好，生意做得好。十天前你看见他们挑着担子进了村口，十天刚过，又看见他们挑着担子经过村口，仿佛他们就住在村里没离开过似的，其实已经是第二趟了。有人说哑巴是他的儿子，有人说哑巴是他的弟弟，不知道哪种说法是对的，反正年岁都对得上，他从来不细辩这个，反而让这层关系越发像一个谜。哑巴不会说话，但有一副好身板，每次都挑百十斤货，货物花色应有尽有。几年后，人们发现哑巴不见了，只有老杨一个人一担挑。有人说哑巴死了，有人说走丢了，反正是不见了。又过了几年，老杨带着一条叫老黄的狗，游魂一样晃悠在村村户户，老黄金子似的皮毛，黑亮的眼睛，跟着主人从一个村子走到另一个村子，像老杨的儿子一样乖巧听话。

开始的时候，也许是路不熟，也许是少不更事，总是老杨挑着担子走在前面，老黄走在后面，老杨走一段，等老黄一段。老黄爱在树根上、石头上、麦苗上撒尿做标记，速度跟不上。过了半年后，老杨就跟不上老黄了，老黄常常蹲在路边等一阵老杨。老杨挑着担气喘吁吁赶来，嘴里骂：狗日老黄，跑恁快，也不等等老子。老黄就趴下来，让老杨摸摸头。村里人见一条黄狗跑过来，就喊，老杨来了，老杨来了，快来看稀罕东西！人们从四面八方围过来。

三条岭下边有一家猎户姓焦，当然，也不是专业的猎户，就是业余爱好，实质上，也算一门生活的手艺，与木匠、铁匠、皮匠没有本质差别。村子里早已没有专业的猎户了，据说一百多年前有过，有过无数人与野畜的传奇。关于猎户，我将用专门的篇幅来写。姓焦的猎户入过伍，后来当过民兵排长，一手好枪法，身手俨然刀客。许多年后，因为私藏枪支，因为猎杀过保护动物，吃了两年牢饭，这也是后话。猎户家喂了三条猎狗，一条叫劲虎，一条叫劲豹，一条叫劲飚。这也是当年特别有名的三款摩托车的牌名。三条猎狗，没有一种动物见了不两腿筛糠的。姓焦的猎户恃着三条猎狗和一身手艺，把日子过得比上不足比下有余。

有一段时间，有一种小动物身价倍增，在广东那边卖到几百元一斤，成为餐桌上无与伦比的美味，它就是果子狸。因为专吃山果子，肉质特别不一样，说是还能医治心脏病。老家山上生满了柿子树、沙梨树、海棠果、三月泡，四季接续不绝。果子狸有了吃的，繁殖得特别快，大白天的，也能碰到它们的身影，但并不容易抓到。果子狸很聪明，从来不和人硬碰硬，神出鬼没的。人们在树上、树下、路口设计了各种套子，来诱捕它们，与之斗智斗勇，各取所需。

老杨跑得年头多了，与本地人没一人不熟悉，到了饭点，哪一家都能多添一双筷子。于是，他也常常带着老黄和焦姓猎户上山狩猎，因为狩猎的收入比卖衣帽鞋袜的收入高许多。慢慢地，老杨增加了额外收入，老黄学到了本领，本事超过了上天遁地的三位师傅。到后来，他俩干脆自己单干起来，在村里租了房子，置了基本生活的物业。老黄正值壮年，体形壮硕，飞快如风，更主要的是有一颗聪明的头脑，知道怎么巧妙地打败对手。这就像世界上从来没有一种勇力能获得最后的成功，所以盖世的霸王也只能自刎乌江畔，出人头地的总是有手段的人。果子狸值钱是值钱在活物上，死了、伤了就不值钱了，因为要走长途贩运。老黄每次都是把猎物摁住而不是杀死，这是别的猎狗不具备的灵性和本领。

张锁子在村小学做了一辈子后勤，退休好多年了，现在每月退休金四千多元，是村里让人羡慕的人，时不时还弄出一点绯闻来，因为有钱有闲，还有一个好身体。他跟我说过老黄捕果子狸的经过。那时候，他工资才几十元钱，常常被老婆骂得狗血淋头，所以也经常参与打猎队伍挣点外快。那一个晚上，月黑风高，他和老杨拿着装了四节电池的手电筒，带着老黄去捕果子狸。那是七月光景，玉米正结穗，顶花扬得处处飘香，早熟的柿子已经熟软，正是果子狸上树寻食的季节。

在一棵一面靠山一面临水的老柿子树上，他俩用手电筒一晃，发现了树上有三对蓝莹莹的眼睛，那是三只果子狸。老黄立刻趴在地上一声不响，伺机待发。两个人都捡了一抱石头往树上扔，果子狸不是选择从树杆上往下蹿，而是从树顶往下跳，还不是一起跳，而是一个一个往下跳。在一只落地未及起身的一瞬，老黄飞跃而起，一下按住了它。如法炮制，三只果子狸全部收入囊中。那一晚，他俩每人分了五百多。他最后说，老黄真是了不得，不叫，往前冲的时候能把草棵子劈开一道口子，像一粒子弹。

虽说果子狸是野生的，并不是谁家养的，天地造物勤者有份，但捕得多了，钱都装到了一个人的口袋里，就遭人忌恨。老杨的门被人泼了几回大粪，送了几回花圈，有人买了衣服故意不付钱。老杨心里知道怎么回事，但他装着什么也不知道，只是上山就上得少了，又专心做起了小贩。有人出三千块要买老黄，老杨死活不卖，说："我知道你买的是它的一身本事。"日子又一切如旧，昼昏轮流，在地球的另一端，有人获选总统，有风光无限者领受了比死因犯更羞辱的结局。

老黄最终还是没有逃掉最后那个意料之中的结局，被人投了毒。可能杀生成瘾，老黄总是背着老杨独自上山，有时擒回一只兔子，有时捕回一只山羊，无聊地走乡串户售卖衣物一天天磨蚀着它的熊心豹胆，给它增添了无限寂寞。发现老黄奄奄一息的时候，老杨还有半挑衣服没有卖掉。他再无心思卖衣服了，把衣服归拢到一个包里，一头挑着老黄，一头挑着衣服往镇上赶，他想着镇上有药店，老黄或许还有救，想着哪怕能坚持到家，也是好的，比埋骨异乡强。

在翻过三条岭垭口时，老黄终于咽下了最后一口气。不是老黄不坚持，是实在坚持不住了。老杨知道有一种毒药叫三步倒，专门对付老鼠的。老杨在坡边的松树林里选了块地，用石片挖了一个浅坑，把剩下的衣服铺在坑底，把老黄埋了。那一天也巧，父亲可能是脑梗发作，天旋地转，呻吟不止。我骑着摩托车带他去镇上医院检查，正好碰到老杨，此时父亲的症状已减轻许多，与老杨打了声招呼。下坡时，摩托车走大路，老杨走小路，他挑着空担子一步一步在草木掩映中独行。一会儿，天下起了细雨，是四月桃花雨，湿人不湿衣。沉寂了一冬半春的峡河恢复了生气，在远处的山脚闪着波光。我听见他一路走一路唱，声音传到很远。卖衣服串乡的光景里，他也是走着唱着的，但都没有这回清晰高亢。许多年后，我懂得了一些戏曲，才弄清楚，他那天唱的是《刘备哭灵》，唱腔是南阳大调，唱词是：

汉刘备，泪号啕
哭了声二弟三弟死得早
从今后汉室江山何人保
剩为兄我有上梢来无有下梢
当初咱三人三姓曾结拜
一心一意保汉朝
愿许下一人在来咱三人在
一人亡咱三人同赴阴曹

一人穷咱三人同把饭要

寄妻托子同把心操

东海干了恩常在

泰山倒咱弟兄结拜之情不能抛

…………

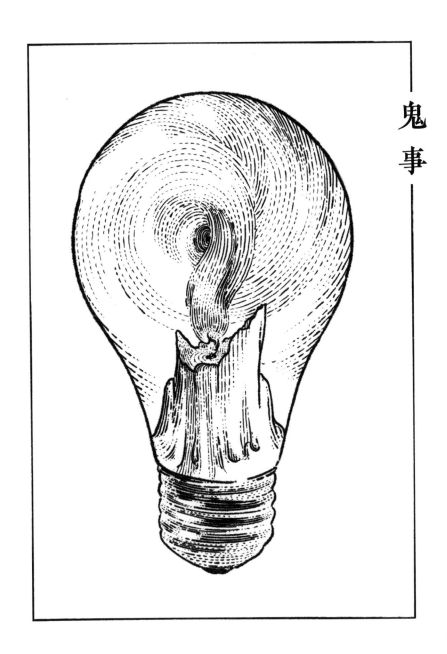

鬼事

1 /

鬼是有的?

小时候,家里一直很穷,一年里有半年时间肚子是空着的,不空的半年里,胃里充塞的多是红薯、萝卜、榆钱、山枣、野梨、酸杏这些,只有少量的粮食混杂其间。相对而言,住在上河的外婆家要充裕些,因为没有孩子,吃饭的嘴巴少些,外公早已不在,只有外婆和顶门的大表哥。外婆家就成了我童年的乐土,我常一年有好几个月住在那里,乐不思归。

去外婆家有二十多里路程,那时候还没有公路,只有一条小道,逢山攀爬,逢水蹚河,勉强可行。父亲挑两只筐,一头是五六岁的我,一头放着小些的弟弟,颤悠悠地向外婆的慈盼里走去。

我清晰地记得,其间要过一段长长的石峡,左边是百尺绝崖,右边也是,中间一处夹一方巨大的石头,上面平坦光润,四角界棱分明,二丈见方。远看,仿佛一张八仙桌,走近了,更像。四周围一潭深水,幽不见底。两山树木参天,遮天隐日,即使是青天白日,也显得阴森可怖。崖水间横担几根木头,尺把来宽。父亲这时总是让我们不要出声,飞蹿而过。木桥颤抖,竹筐摆动，有时碰到石壁上，弹得差点将我甩出去。每次，都吓我起一身鸡皮疙瘩。

大一点后，听外婆讲，这块石头，叫鬼桌，经常有大鬼小鬼在上面开会，商议些死死活活、阳长阴短的事。有时候，事体太多或太大，开到天光大亮也开不完。说是，附近一对年轻人，两口子脾气都不好，时常为点鸡毛小事争吵。有一天早晨起来，发现媳妇不见了，丈夫就到处乱找，找到石峡那地方，听到媳妇和人说话，人声嚷嚷，又听不大清，待到石头旁，见一群人围着开会，媳妇也坐在其间，脖子上圈一根麻绳。他就有些生气："自家的活不干，跑这么老远和人说闲事，看你说到几时？"他转头就回家去，走到离家不远的一条小沟边，抬头看见媳妇吊在一棵歪脖柳树上，一根麻绳勒进脖颈，伸手一摸，人早凉透了。

1984 年，我十四岁，已是翩翩少年，在乡中学读初二。这年开春，乡里修村通公路。修路是百年好事，干部、群众都热情高涨，逢山开道，过河架桥，自然，那开了无数年冥会的鬼桌也在清障物当中。这任务，正好派给我们生产队。

谁晓，这石头硬如钢，顽似铁，任你千锤百钎，就是无法破碎。队长报给乡工程指挥部，领导说："任务已经分摊结束，那已经是你的事，自己的事自己解决。"有个张老汉说，这石头吸了千年阴气，得用尿泼，先破了它的护体才行。于是有人担来两桶尿水，细细地泼了，结果，还是纹丝不伤。大伙无计，晚上就开会，商量破解的办法，队长发话，谁能把这石头破开，今春的公差任务就免了。会开到半夜，大伙都说，活了半辈子，没见过这么硬的石头，软硬不吃，没有办法。到了最后，我一位表叔说："我倒是有个办法，就只怕会折寿。"队长说："折啥寿，快说。"

表叔说："用炸药炸。"表叔打了半辈子猎，会制土炸药。

路打通的第二年，表叔死了。大伙给他穿衣服时，发现他满身青一块紫一块，全是指甲印儿。

想起来，外婆不在人世已二十多年了，我也二十多年没走过那条石峡了。那石头早碎了八块，做了路基，供车轮蹄掌鞋底踩踏碾压。鬼们，不知还开不开会，又在哪里开会。也许，像我们一样，开，也无甚可说。更也许，它们也疲于四方漂泊，不知乡关何处了。

2

我有位远房叔爷，是村医。

人食五谷，生百样病疴，村医不一定要多高妙，但一定得十八般手段都能拿能放。我这位叔爷，聪慧，无师自通，内科外科中医西医都胜同行一头。但他最拿手的是接生。那时候，人能生，五村六乡，经他一双手接生到世上的，他都没计清数。

有一天，行医回村，晴空朗朗，月白风清，他喝了点酒，走路格外有精神。走着走着，听到路边有人叫他，细看，只有树影婆娑，哪里有人？再走，又听到有人叫，细看，是一位妙龄女孩子。女孩站在路旁，戴着头巾，月光朦胧，看不大清，似乎从来也没见过，他心忖：这是谁家的孩子？未及问，那女子说："我家姐姐要生了，快跟我去接生。"人生人，吓死人，是急事，叔爷也未细问，跟着就上了一条小路。

忘了走了多少路，到了一个地方，这是一处大宅子，前院后舍，显然是富裕人家。叔爷读过许多杂书，也不惊怪，跟随女子，进了屋子，屋里好多人，都显得很焦急。一个女人，躺在床上，盖一床白被，不住呻吟。叔爷从药箱里取出家什，就忙活起来。

很顺当，产下一个男婴，白白胖胖。

主人欢喜，留叔爷吃夜饭，有鱼有肉，还有一坛好酒。那时候，人苦焦，别说是村医，就是县长，一年也不一定有顿这样丰盛的酒饭。叔爷也没推辞，主人热情，你来我往，一杯一杯复一杯，叔爷不觉就醉了。

早晨醒来，露水湿了衣裳，抬眼看，哪里有深宅大院？是一处坟地，再看药箱，挂在一棵柏树上。柏荫如盖，麻雀叽叽，太阳正冒出山头。

此后，叔爷家里隔三岔五会多出一些东西，有时是一块腊肉，有时是一条鲜鱼，有时是几元毛币……叔爷知道它们的来处，都一一送回了坟地。

许多年后，叔爷去西安看儿子。那是个雨天，车特别挤，他上到车上时，至少已超员一倍人，车厢跟柴房似的。正站立无计时，他感到有人扯他衣袖，听到有人叫他。回头，有个人给他让座。是一位少年，清秀若女子。对眼的一刹，他突然觉得似曾见过，觉得分明是那年坟地接生的孩子，下巴上的痣正是那个位置，只是稍大了点，若赤豆，润艳至极，衬得少年更聪颖可人。路途颠簸，一路嘈杂，后来少年什么时候下的车，去了哪里，他都不曾注意。到了站，见人头茫茫，竟无一个认识的人，叔爷突然有些悲伤，又有些欣慰。

这些，是他亲口对我讲的。这位远房叔爷，还在。

只是，乡村医疗改革，叔爷年纪大了，又无文凭，又无论文发表，一手好技艺，看不见，摸不着，相当于无有，再无用武之地。要不了多久，就要和他一同，从这块地上消散了。

蘑菇故事

昨天立秋。

夜里下了一夜雨，早饭时天晴了。俗谚说："晚上立了秋，早上凉丢丢。"古老的东西里，胡言乱语的不少，但农谚从不欺人，空气果然不那么闷热了。玉米虽然还有一些在抽着红缨，靠近地面的几匹叶子，突然泛出了枯色。

广西的朋友千里迢迢来家里，要看看我的生活和家乡。2020年的这个时候去桂林做活动，她从柳州赶过来捧场，那些天，我台上私下说得最多的，是我的家乡景物，我的童年和少年，峡河两岸的旧尘新闻，听者很多人中了蛊，她大概就是一个。这些年，我习惯地在朋友圈里分享老家四季的图景，心慕者甚多，比如有一位上海的读者，要租我家老房子用来读书写作，被我婉拒了。风景之地，多是生存维艰，我老家连公路也不通，上山下坡都要出一身水。文字和镜像本质是骗人的勾当，网络在手，我们都一样，不是在骗人就是在骗人的路上。

认识生活，最有效的，是从劳动开始。我和爱人就带着客人上山采红蘑。

峡河这地方，山上蘑菇种类多得数不过来，但人们大都不认识，连名字也叫不出来，当然也就不敢食用。它们一年又一年在山上自生自灭，像大多数人一样，白白来世界走一遭。我思想有一个原因大概是，这儿近二三百年里才有人烟，用一句流行的话说，我对这个世界不熟。我们这些后来者，对古老的隐藏山林的蘑菇的认知无疑是狗子看星星。

但只有一种红蘑例外，它又红又艳，又鲜又美，常常被用来做汤或炒鸡蛋。这些年，也成为家家收入的来源之一。湖北的、河南的客商，开着车上门收购，至于最后落在哪家餐桌上，进了谁的肠胃，就没人知道了。

我们从东山开始，翻找遍了整座山，一个下午，找了一竹笼，晒干了，大约有一斤。比较起来，比往年收获小多了。乡村在衰落，为什么连蘑菇也跟着衰落，其中的道道诡异不明，就像另一个无解现象：井水随主人的搬走而干涸。好在，作为体验和待客项目，收获不是目的。我们高兴地上山，愉快地下山，不痛快的只有西天的那轮落日，没到山尖就被乌云吞没了。

朋友干的是林业工作，植物学是专业，她对山上很多植物的认识与我不谋而合，让我暗暗得意，我也是有知识的人啦！在山上，我们还发现了一种奇特的植物，查了百度，叫金丝莲，采回来，煎了茶，晚上爱人的哮喘奇迹般地没有再犯，不知道是红蘑汤的作用还是金线莲茶的功劳。

大家之所以怕蘑菇，将它拒之门外，是因为看见过血淋淋的代价。

1968 年，峡河还没有瓦，房子都是茅草顶，一年一修缮，麻烦得很。这一年，从河南来了一位瓦匠，姓张，人们叫他张瓦匠，二十来岁。他从峡河上头走到下头，看了又看，嘴里说："真是穷得上无片瓦呀！"几个老年人说："既然你是瓦匠，就请给我们造瓦吧，造得好，村子里大姑娘随便挑。"张瓦匠说：

"中！"

造瓦先造瓦窑，瓦窑是瓦的母亲，无母不生子。地址就选在了祖师庙后面，那本来是一个黄泥坑，夏天盛满了青蛙和蛙鸣。村里抽出一半壮劳力，另一半负责田里的活，两不耽误。土一锄锄挖下来，一锨锨铲出来，堆在平地里，堆成一座小山。一个月后，瓦窑成了，一丈见圆的大坑，深两丈余，挖了烟道，封了顶，像一个堡垒。瓦匠说，能烧三万瓦坯，够六间大瓦房用了。大家算了一下，要是家家茅草换瓦顶，大概需要十年。十年说短不短，说长也不长，也是急不得的事情，干吧。

挖出的土正好用来造瓦坯。黄土真纯，一粒石子也没有。瓦匠对土赞不绝口，说从来没见过这么乖巧的土，比良心都干净。村里人都吹牛说，这有啥，遍地都是，挖到阎王头顶都错不了。又问他为啥不能含石子。瓦匠说，含了石子，火一烧，瓦片里有空心，不结实。

土浇过三天水，耕牛牵出来，在泥上踩踏，一个人在前牵绳，一个人在后赶牛，转着圈，无所不至。踩过十遍，再堆成长条，铡刀刃翻过来，刀背一刀刀往下砍，砍出一指宽的薄片。砍过三遍，泥终于熟了，取一块，能擀成一张薄饼，就可以造瓦坯了。

造瓦坯是一个漫长又细致的活，喜晴不喜雨，喜慢不喜急。泥坯做成瓦筒，瓦筒磕出四页瓦片，晒干，上擦。从夏天到秋尽，六万瓦坯造出来了。村里人还想造，说造得多多的，慢慢烧，反正冬天长得很，还省了烤火柴。主要的是，没有人不盼着早一天住上瓦房，不说住着敞亮，讨媳妇都有了优势。瓦匠说，不能造了，挨冻过的瓦坯起层漏雨。

瓦匠虽然干的是粗活，但毕竟是师傅，得吃好睡好，吃好睡好了才能出好活，村里也有铁匠、木匠、席匠、杀猪匠，也踩百家门头过，道理大家自然是懂的。开始时，吃零工，就是家家轮着管饭管住，一轮下来再复一轮。好处也有，坏处是饭菜好坏不齐，床软硬有别，吃早吃晚也没有保证，有的人家一忙就晚点了。最后大家一合计，干脆独立起灶，独立住宿。住处就放在祖师庙里，反正祖师爷也不在了，早断了香火。

冷落太久的祖师庙就成了张瓦匠的家，他吃住都在里面，自己做饭，自己洗衣，出门一把锁，进门一把火。听父辈人说，瓦匠到底年轻，干活从不误事，就是晚上特别费煤油，通宵达旦不灭灯，不知道在干什么。

第一窑瓦，火功七天七夜，又饮了七天七夜井水，打开窑门，蓝莹莹的瓦像一天斑斓的晴空。拿在手里敲打，当当有声。第一窑瓦，分给了队长和会计。当然，茅草换瓦的工程也是全村齐上阵完成的。

转眼，又到了第二年夏天。

这一年夏天，和往年没有啥区别。天还是那么热，雨还是那么多，峡河上的芦苇还是那么浩荡无边，区别是，公社开始有了一个电影放映员，每半月下村放映一场电影。《决裂》《金光大道》《海霞》《激战无名川》，让人看得热血沸腾，只恨自己不是电影里的人，没到过那里的世界。

这一天，又放电影，广播早早通知到各家各户，电影名字叫《创业》。那时候，不兴创业，但人心里都盼着创业。吃了晚饭，大家早早上路了。电影放映的地方叫王家堡，是另一个村子，离本村三四里，要是走山路，只有二里。大家带了火把、马灯，板凳就不用带，王家堡的人自会供应。

一支队伍，浩浩荡荡，胡说八道。虽说是山路，其实也挺宽敞，四季都有人走，没一天闲着。路里路外，全是青冈林，这个季节正遮天蔽日。林子地上，冒出五彩缤纷的蘑菇，仿佛一地的雨伞，有的已腐烂，有的才出土冒泡，大多数正当年。张瓦匠一路大呼小叫，说都是宝贝，指指点点，这个好吃，那个好吃。大家把他当笑话看，说："是摊的粮菜少了，没让你吃饱咋的？"瓦匠说："吃饱了，可这个更有营养。"大家就说："要吃你吃，我们可不敢吃。"瓦匠脱下衣服当包裹，就去采。队长一把夺下来，严肃地说："你也是半个村里的人了，要对自己负责，更要对大家负责。"当晚大家看完电影，马灯、火把回到家，小半夜了。

第二天早上，日上三竿，大家到了瓦场，还不见瓦匠到场，往日可不是这样的，瓦匠是个准点的人。有人就去喊他，庙门关着，推开门，瓦匠直挺挺躺在床上，嘴角都是白沫，早没了气。床头上一本大书翻开着，是外国人的书，煤油灯十分明亮，灯油将尽。

村赤脚医生老王看了看瓦匠的指甲，闻了闻嘴里的气味，说："唉，这菇真毒啊！"

没有人知道瓦匠到底是河南哪里人，家里还有什么人，怎么联系他们。有人断定瓦匠是宝丰人，宝丰人会说书，走南闯北，口音很多人听过。有人说，也不一定，周口也是这口音。报到社里，社里说，没法联系，走丢的人多了，埋了吧，也别太草草，毕竟是为咱村出过力的人。

瓦匠埋在了北山上，那儿地势高，可以望见河南，虽是北山，阳光也好。大伙砍了两棵柏木，打了一口好棺。刘石匠不忍心，选了块好石头，凿了一块碑，刻上了瓦匠的名字和死亡的年月日，指望哪年哪月说不定有家人来认领。可多少年过去了，也没有人来认领。大家猜瓦匠可能就没有亲人。

从此，人们离蘑菇更远了。

如今，红蘑在万千蘑菇中独受人宠，其中还有一个小故事，发现它无毒又好吃，也是一场偶然。大约二十年前，我们那时都是青年，村里青年特别多，大伙苦闷又孤独，夜生活的主要内容之一是搓麻将，煤油灯下整夜整夜地搓，搓得塑料块秃了棱角，缺了字码。赌资为五分到一毛。

有个小伙子，一夜输了三元钱，他心疼死了，但又不能说出来。天亮了，不光输了钱，还要给赌徒们煮早饭吃，大家吃了饭才离去，该放牛的上山，该锄草的下地，该相亲的洗脸。这是多年赌场规矩，叫赌客也是客。

他为大家煮的汤是红蘑鸡蛋西红柿汤，红蘑红遍了他家房后的山林，就地取材，太方便了。我们都饿了，不管三七二十一，每人一大碗，气吞万里如虎。小伙子想看大家提着裤子朝厕所奔，要看狼狈的笑话，却没一个奔的。传说红蘑有毒，但不死人，毒不重，只会让人拉肚子。

事后他对我们说，你知道你们那天喝的是什么汤吗，红蘑汤！所有人又惊又喜，从此，红蘑收入各家食谱。这世上，很多价值的发现，并非出于刻意和庄重。

红蘑十头，洗净沥干，鸡蛋三枚，小白菜若干，西红柿两只，小葱一撮，藿香叶两片，鲜核桃仁若干，备用。热锅菜油，先爆香藿香叶丝和花椒少许，西红柿丁、红蘑整个入锅翻一个身，加清水足量，水开，滑入蛋液，小白菜手拧数段入锅，鲜核桃仁最后撒入，出锅。

如果有一颗老青冈上的猴头菇，切两片同烩最好。野猴头菇细嫩，但韧劲足，耐炖，奇鲜。那个鲜，与红蘑又不同，二者同烩，相当于鸟铳里添了火药，射程增了一半，鸟一枪一个死。只是这些年老青冈上遍山再没有见过猴头菇了。有一个说法，猴头并非不存，只是都跑到了人的项上，你看，不是满世界都跑着猴精吗？

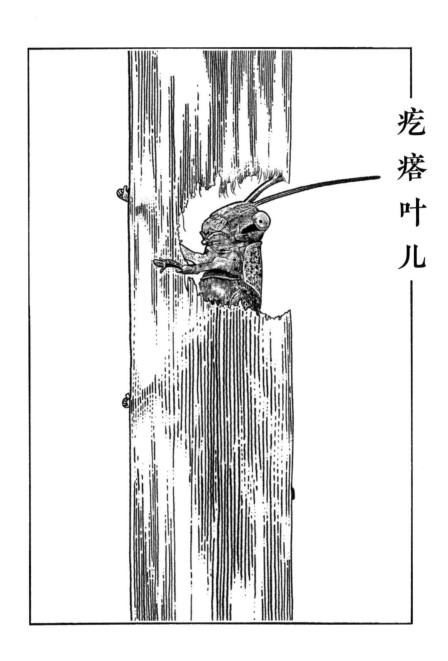

疙瘩叶儿

疙瘩叶儿，有些地方也叫黄叶菜，但它既不卷疙瘩，也不发黄。哪怕是到了深秋，一场场苦霜落下来，它依旧是一片一片绿着凋落在地上。

峡河这地方，能吃的野菜，就数疙瘩叶儿最早。三月初，漫山树叶子还没有长圆，晚点的青冈还在展芽，它就出来了。老远，看到树上一架夺目的绿色，那就是它。疙瘩叶儿藤生，不过这藤，也不完全要攀附别人而生，顺着坡势、岩头也能开天辟地。藤如果年头久，有拳头粗，能半立起来，像一顶努力支撑的帐篷。

三月一到，家家青黄不接，大人孩子背起篓，上山打菜。年轻力壮的人爬上树，把藤砍下来，供下面的人采摘。不用担心，到了第二年，新的藤又攀上了树，比上一年更旺盛。摘菜的人，有的手快，有的手慢。手快的人摘满了家什，就帮手慢的人摘，最后都满载而归。如果碰到的疙瘩叶儿足够多，每只篓都要用脚踏实，背起来，往回跑。回家慢了，踏实的叶儿会上烧，上烧的叶子无论怎么做，味道都差去一大半。

好吃的野菜叶儿都有一个特征，那就是有一定的厚度，有肉感，这样才能含住水分，有柔性，有口感。但疙瘩叶儿没有，它薄，比所有的叶子都薄。因为薄，没有重量，如果篓口没压实，风一吹能飞一面坡。疙瘩叶儿的另一个特点是经络纤细，像织在叶子里的丝线，像不存在。因此，它比任何野菜的口感都柔和得多。摘回来的疙瘩叶儿在开水锅里打一滚，就熟了，捞出来，一锅绿水也有用，能当茶水，有一种特别的清香。焯过水的疙瘩叶儿通常的吃法是拌入盐、香油、蒜末、葱花，这时候，小茴香也出来了，拌一点进去，如果有条件，再拌以核桃仁若干，但这个季节，保存着核桃的人家不多。疙瘩叶儿菜就玉米粥最好，玉米粥很糯，疙瘩叶儿菜很软，绝配无两。

最好的，还是搭配面叶儿。面叶儿要擀得薄，要透不透，用刀切出三角形，和面时加一点食用碱，增加柔滑度。滚水尖上撒下去，紧接着把生疙瘩叶儿撒一把，打一浪，面和疙瘩叶儿都熟了。白的面叶儿，绿的疙瘩叶儿，无章而有章地漂在淡绿的汤上，像绘上去的。

有一年，在河南灵宝大湖峪开矿，做饭的师傅是一个山西人，刀削面配疙瘩叶儿，天天吃，顿顿吃，吃到最后，大家的肠子都是绿的，厕所里没有别的颜色。大湖峪一沟两坡疙瘩叶儿一架挨着一架，直铺盖到山顶，山顶那边是陕西，有没有疙瘩叶儿，不知道。渣坡上一纵一纵疙瘩叶儿架，矿渣一年一年倒下去，它们一年一年长上来，不分输赢。那个春天，我们把一条巷道送出了三百米，与山那边的巷道打透了。那以后，我再也没见过如此铺天盖地的疙瘩叶儿。

小时候，家里最常做的，是将疙瘩叶儿与玉米糁同煮，因为玉米糁总是不够，要用疙瘩叶儿充数。一半玉米糁，一半疙瘩叶儿，熬出来的粥特别黏，特别香，也特别绿，但不顶饥，需要吃三碗。我们从三月一顿一顿吃着疙瘩叶儿粥，熬到五月麦熟。

关于疙瘩叶儿，有两件事，我记忆特别深。

生产队集体土地少，就要修地，那时候年年春天都在修地，给自己修，也支援邻村修。有一年，村里规划在松树垴上修地。松树垴有些远，没有人烟，自然就没有地方做饭，所以家家户户到饭点要送饭。我还没有上学，弟弟还小，就由我给父母送饭。

奶奶有一只瓷罐儿，白底蓝花，有盖。上面的画是两个人在水边钓鱼，戴着斗笠。奶奶给它拴了麻绳，送饭用，再加一只碗，两双筷子，两人分着吃。瓷罐儿很保温，我在路上不用赶，而有的人家，是一口缸子，没有盖，或者一只海碗，人到了，饭也凉了。每次的饭，不是疙瘩叶儿面，就是疙瘩叶儿糊糊，上面放一勺辣酱，红红的辣椒在饭菜上沉浮。

我喜欢走一阵，打开盖看一眼饭菜。因为一路晃荡，有时疙瘩叶儿浮在上面，有时候面叶儿浮在上面，有时它们共同浮在上面，辣椒酱在它们上面洇开，像一朵开圆的花，有蕊有边。我最大的愿望是，饭送到父母手里时，面叶儿都浮在上面，这样就能证明奶奶对他们的好，证明我对他们的支持和功劳，可结果常常不遂人愿。

虽然每次送饭前已经吃过了饭，打开盖，一股饭菜气味扑出来，在眼前缠绕，我就又饿了。我想打开盖看，又不敢打开盖看，怕自己忍不住，偷嘴。有一个人，送饭到半路，实在太饿了，偷吃了一半，结果干活的人没力气，偷懒，最后被队长追问出了情况，把送饭的人批评了三场。那人羞愧不过，扑了崖，虽然最终无碍性命。我不怕饿，我怕批评，虽然我还不到挨批的年龄。

父母吃过了饭，去干活了，我把瓷罐儿拿到河边去洗。松树墕上有一股泉水，又干净又清凉，从墕上一直流到谷底，最后汇入了峡河。夏天鱼们扛不住热，纷纷汇聚到入河口处纳凉。那是一个小瀑布催生的潭，常被人轻劳而获。我先往罐儿里灌进少量的水，盖上盖拼命摇动，让水把每个角落都冲刷到。然后，把罐儿举起来，仰头把稠浓的水喝掉。这样，相当于肚里又添了半碗饭。有一回，父亲正好到水边洗手，看见了，抱起我，哭了一场。一个老男人的哭没有声音，只有泪水。我不知道他为什么哭。

疙瘩叶儿还有一种吃法，卧浆水菜。它和任何浆水菜的做法并无不同，区别是疙瘩叶儿的浆水特别好喝，能解暑，更能解馋。在外面干活的人累了，回到家，臿一碗疙瘩叶儿浆水一口气喝下去，别提有多舒坦。如果再兑入米汤，能让人喝饱。

毛毛怀孕七个月。毛毛对铁棍说："铁棍，我想喝疙瘩叶儿浆水。"铁棍说："行，你等着。"

铁棍背起竹篓，上山去找疙瘩叶儿，从东山找到西山，终于找到了，好大一架疙瘩叶儿攀在一个岩头的大树上。

铁棍爬上了树，这是一棵青冈树，年龄很大了，一些树枝都死了，疙瘩藤攀在上面，让它们再次年轻。他没有带刀，只好一枝枝折了，丢下去，然后再下树摘叶儿。

从树上可以看到很远，看到远处的山，远处的河，远处的人家，远处的公路和山路曲曲绕绕，拥抱又分开，远处的人在地里干活，像没有干活。树下面是一片野竹林，竹子指头粗细，又青嫩又老辣。村里人年年来砍，它是扎扫帚的好材料。但从这里就是看不到自个的村子和家，山在这里折了个弯，把村子遮住了。铁棍想，毛毛在干什么呢，是不是挺着肚子准备烧浆水。这时，他脚踏的一根树枝突然断了。

铁棍回到家，把疙瘩叶儿洗了，煮了，卧进了缸里。过三天后，浆水菜就能吃了，毛毛就能喝上浆水了。他感到腿脖子那儿更痛了，有个伤口一直在渗血。铁棍找了一块纱布、一疙瘩棉花，在盐水里煮了，把伤口捆扎起来。疼痛减轻了，胀胀的。他不知道，有一根竹茬顺着骨头扎进了腿里。

十几天后，铁棍找到了村医梁子，梁子用一把老虎钳子从他腿里拔出来一根五寸长的竹茬子，也拔出了一串脓血。但可能拔得太晚了，铁棍从此再也没有正常走过路。

两个月后，毛毛生下了一个女儿，只有五斤重，清秀轻飘得像一片树叶子。铁棍说，就叫她青叶儿吧。

十八年后，青叶儿考上了大学，毕业后出了国，再也没有回来。回来也没有意思，毛毛和铁棍也走了，连村子也没有了声息。

我最后一次见到青叶儿，是她考上大学那年。当时她已经是大姑娘了，但说话、走路，都没有什么声音，像一片青叶儿飘飘悠悠，那眉眼，像一本书里的一个人。

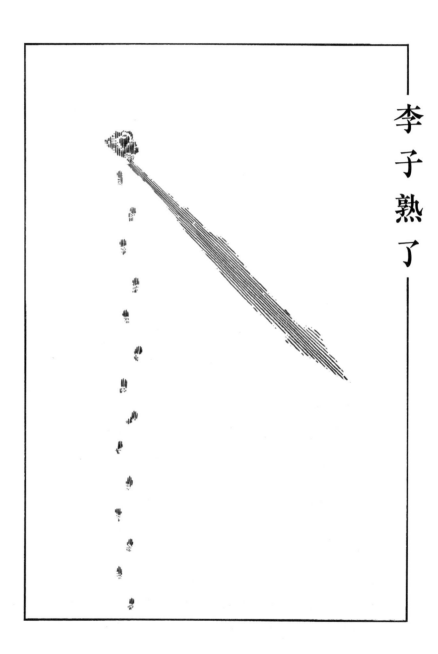

李子熟了

邻居家的李子熟了。

邻居举家去了远方。女人改嫁了县城的一个老头，一位有哮喘病的退休干部；男人搬到了山上，一片栎树林里，那里黄土深厚；儿子在东莞，十年了，没有回来过，也不会回来了。只留一棵李子树在竹园边。竹林茂盛，好多年，没有人再使用竹子，也没有人掰竹笋，它一下铺盖了方圆左右的地盘，要不了几年，恐怕就没李子树什么事了。

李子树正年轻，花开得繁，果子也结得繁，不像老了的树，雷大雨小，只有开头的气势。李子这种果子品种很杂，单论颜色，有五六种，但这一棵是黄色的。黄色也杂，这一棵果子颜色呈绿黄色，黄里掺着绿，绿里拌着黄，黄绿匀称得赛似天工，那色彩配方人根本无法造出，但黄稍稍占了点上风。它们结得实在是太繁了，雀鸟从早忙到晚，果子还是那么稠密，蒜瓣子似的垂下来。有一些掉在了地上，像谁随手撒了一把豆子。

这是外来的品种，说起来，有关这棵李子的来历的事还挺长。

那一年天旱，从三月到五月没下一滴雨。没下雨也就算了，天还非常热。一旱一热，庄稼就遭了殃，连菜也长不成一棵。村里年轻人没事干，除了喝酒就是打牌，电线杆子底下，整夜整夜地摔扑克，抽烟把嘴都抽木了，摔纸片把手臂都摔酸了，天还是不下雨。眼看着一年收成无望，大家商量出门挣钱，没几天，人跑得天南海北都有。我和亮子到了渭南塬上。亮子就是我的邻居，小学到初中的同学。

渭南塬广阔无边，到底有多大，地图上说多少多少平方公里，对我们来说，那永远只是一个数字，一个概念，像没说一样。我们到的那个地方，离华山不远，远远能望见华山西峰，白花花的岩石，拔地竖在半空，白天晚上都泛着光。往身后看，是山西芮城，黄河把两省分隔得明明白白。

我们从一个塬到另一个塬地找活，找了七八天也没有找到，有的人家信不过我们，有的确实没有需要干的活。有些塬和塬之间隔着深深的大沟，近在眼前，却远在天边，看山跑死马，看塬也差不多。沟帮子上一律长满了酸枣刺，高的高，矮的矮，一丛一丛的。酸枣正开花，花像一粒粒煮开了花的小米粒子，上面飞飞停停着野蜂野虫子。我们跑得饿了，将一把放在嘴里嚼，枣花闻着很香，却没有味，也不知道顶不顶饥，因为也没有那么多可填在肚子里。

有一个人在半坡上放羊，十几只羊，大的大，小的小，污脏不堪，像一坡垮塌的乱山石。羊也吃枣花和枣树叶子，会巧妙地避开枣刺。我觉得这个放羊人就是混日子的，这么少的羊，怎么能养活一家人。后来的岁月，我跑遍了从甘肃到山西横呈近半个中国的黄土塬，发现这样过日子的人比比皆是。活着，就是一场人与日子的彼此消磨，消磨是过程，也是结果。他对我俩说，塬顶上有苹果园，正是要人看园子的时候，需要人手。我知道，看园子，就是干园子里的杂活，苹果园一年四季有干不完的杂活。

我俩就顺着梁往塬顶上去。

塬顶几乎是一马平川的世界，那是我俩从没见过的世界。天在天上，人在地上，彼此那么近，又那么远，天地简单得没有内容。绿着的地方，除了玉米林，就是苹果林，余下的都是黄土的苍黄。玉米林要比苹果林显得强势，占领着大部分地盘。苹果园也没有围墙，周围长着插着枣刺。

终于打听到了一家果园的主人。进了院门，一家人正在吃饭，土塄下排着三孔窑洞，一孔住人，一孔是厨房，一孔是杂物间。院里除了一棵苹果树、一口水缸、几个凳子，没有别的。女主人放下碗，到缸里给我俩舀水喝，缸面上漂着几粒东西，仔细看，是羊粪粒子。据说给生人水喝是缺水的塬上最大的待客之礼，我接过碗，喝也不是，不喝也不是。亮子接过去，一口气喝了个干净。我嘴里说不渴不渴，抿了一口，有一股膻腥味，倒是十分清凉。

男主人说："要是要人，但园子小，这两年价钱也不好，漂不住两个人。你俩商量，看谁留下？"

我说："亮子，你留下来，我再去找活。"

亮子说："你留下，我能跑，能找到活。"

我俩争执了好一阵，久决不下，都想让对方留下来。一方面是我们身上的钱快花完了，另一方面是两个人找活比一个人机会小，主要的，当然还是替对方着想。这家人这时候有点不高兴了，男人说："这样吧，园子也没啥活干，套袋子还有几天，过些天要套时你俩再来。"我们当然懂得主人的意思，是不想要我们了。我嘴里只好答应着："好，好的。"女人拿出四个馍，让我俩带着路上吃。馍很白，很大，晒足了阳光的麦子面粉真好。我俩接过来，一人两个，下了塬。

上山容易下山难，下塬也一样。曲曲折折的土路，一路的羊粪粒子和石头子，路边的枣刺牵人衣袖。我和亮子一脸愁苦，不知道往哪里去。我想起来，小时候的冬天，我俩一块上学。从家到学校也是这样的下坡路，天还没有亮，风把树叶子一会儿刮到空中，一会儿刮到山上，落得满天满地满身。我俩拢着袖子一脸愁苦，不是因为路难走，是不知道这学上到什么时候才是头。几年后，终于上完了学，还是天天愁苦，才知道愁苦就是人的影子，永远也甩不掉。

天快要黑了，塬底的公路上，汽车和行人奔突来往，因天晚而更加紧急。火车有时直行，有时绕弯，速度一直是均匀的，不急不躁，老到自信得很。陇海铁路把许多村庄隔开，炊烟却不分你我，它们越过路基，在天空扭打纠缠。我发现，塬顶人家几乎都住着窑洞，到了塬腰，大多数人家住的是一半窑洞一半房子，到了塬底，窑洞就很少了，都变成了小平房。

村里在唱戏，唱的是秦腔，也不知道什么戏，戏腔掺和着锣鼓弦钹，轰轰烈烈，像比赛，像打斗，一会儿你压住我，一会儿我压住你。广场上黑压压的人群，老人和孩子多，年轻人也在看戏，但心事不在戏上。我俩看了一会儿，听不太懂，都没一点心思。没心思也不是戏不好看，是我俩都想到了晚上的住宿问题。眼看天黑透了，住处还没着落。

我和亮子开始找废弃的窑洞。听老家出过门的人说，世上有三大可靠，废窑洞是其中之一，不但暖和，能避风雨，还安全舒适，又不花钱。窑洞不像房子，更新得快，按说这儿找个破窑洞不难，我俩却怎么也找不到。找到半夜，月亮快下去了，星光满天，找到一个半坡上，找到了一片果园，一半李子一半枣的园子，一圈土夯的围墙。园里有一间小屋，亮着灯。

主人是一对母女，不知道为什么这么晚还没睡。她们在喝汤，小米子加了李子煮的汤。母亲四五十岁，女儿二十多的样子，尘蒙日烤，塬上的人都比实际年龄要显老。女儿给我俩舀了两碗汤，灯光和李子在汤里打晃。真好喝，有一股说不出的酸甜味道。李子这个季节正熟，是最甜的时候，因为久煮，味道已经变淡，只保持着果的原形，味道都跑到汤里去了。我和亮子掏出馍，就着汤大口大口吃。母女看着我俩狼吞虎咽，一句话不说。

每人喝完了一大碗汤，两个馍也下了肚，感觉浑身又充满了力气，又像个男子汉了。女人对女儿说："惠，带他们俩去家住。"我俩知道了这个女孩儿的名字叫惠。惠答应一声："好嘞！"去墙上取钥匙。女人又对我俩说："娃，要是愿意，就在我家园子干，李子正下树上市，枣也要人操心了，就是工钱不高。"我俩连连答应："好，好好！"

园子真大，晚上没看清楚，白天才看清它的规模，怕有十来亩。李子树只占三分之一的面积，其余全是枣林。混搭的果园在渭南塬上并不新鲜，新鲜的是李子和枣的混搭。不过，似乎这样也很科学，李子结束了，枣才开始，至少活路上两不相撞。李子熟得快，昨天看着还是梆硬的，早上起来就变软了，一变软就会往地上掉，就卖不上价钱。我们四个人每天天不亮起来摘李子，一筐一筐的，中午拉到集上零卖加批发。渭南李子有名，价钱好，不愁卖，每天都有一笔不小的收入。母女俩高兴，我和亮子也跟着高兴。

华山据说有七十二道峪，也有人说一百零八条，反正峪很多。峪其实就是沟岔，百足虫似的，有的峪很长，有的峪很短，长短看梁和岭的大小，但每一条峪都有一条从上面流下来的溪水，有的简直可以称作河，清清冽冽，哗哗啦啦，曲折通幽，最后，它们都汇进了渭河里。

天一天比一天热起来，快进伏了。地里的玉米都抽出了穗，红鲜鲜的，顶花一阵风一阵粉。李子收结束了，活路闲了下来。园墙塌了几处墙头，我和亮子和了一些泥巴补上去，又完美了。渭南的黄土立身好，不容易塌垮，再经风历雨几十年没问题。枣花都变成了花生豆大小的小枣，密密麻麻躲在叶子里。它们会不舍昼夜地长大，不用去管。我和亮子去峪口洗澡。

经过大半天的暴晒，每一块石头、每一缕风都是烫的。经流水千淘百洗，大大小小的石头都光滑极了。花岗岩远看泛白，仿佛一山的玉石，其实充满了粗粝的纹理和杂色。但石质好，在水和风雨年年月月的作用下，变得比人的皮肤都细腻润滑。我俩把衣服藏在一片玉米林下，下了水。

水潭很大，很深。天空倒映在水里，云在天上飘，也在水里漂，让人迷糊，到底天在头顶上面，还是在水下面，只有把头扎在水里，才能看清水底是石头和沉沙，没有云。除了一堵秦岭，整个渭南大致算得上是平原，因而一眼能望到很远。远处的人家和庄稼在热浪里闪动、蒸腾，真实又虚幻。有人下地，有人上地，骑摩托车的少年光着膀子，从路上飞过。

没有肥皂，我俩把沙子捞起来，涂在身上搓，虽然很褪泥，但一会儿皮肤就红了。我们一会儿扎下水底，一会儿漂在水面。巨大的云块擦着山尖移动。它们有时被打散，有时多块合一。我想，云真是个自由的东西，无忧无虑，千年不腐，把什么都看清了，又什么也不屑一顾。

洗完了澡，把裤头拧干，穿上，玉米林里却没有了衣服。洗得太忘乎所以了，也不知道有没有人来过。真是让人又气又急，这下可怎么回家，怎么面对人？

河下面一点，拐弯的地方，有人在洗衣服，细看，是惠。洗的是我俩的衣服。她回过头，冲我俩傻笑，我俩也傻笑，我们笑得停不下来。惠把衣服一件一件搓展了再对折，折好了又搓散，手法娴熟得像在切白菜。她说："傻娃子，衣服都臭死了，也不知道洗！"其实，我俩的衣服前天晚上才洗过，哪里臭了。亮子去夺衣服，说："我自己会洗，不用你洗。"惠说："信不信，把你的臭衣服扔渭河里喂王八。"亮子就不敢夺了。过了一会儿，洗得差不多了，惠又说："快回家干活，干完了活今晚看电影，村里放电影，《白娘子传奇》。"我俩把洗干净的衣服穿在身上，三个人一块往回走。

惠家除了果园子，还有七八亩地，种着玉米和棉花。当地人时兴种棉花，成片成片的棉花地，棉花开起花来比什么花都好看。棉花的花像玉兰，白得不是十分，是七八分，也有黄色的花朵，也是七八分黄。这个季节，园子基本没什么活了，李子树完成了一年的使命，枝条和叶子都停下了，等着老去，枣树在自顾自力，它们的事业自己完成。我和亮子就帮着种地，除草，打药，浇水。比较起来，平原上的庄稼比山里的庄稼好伺候多了。

一天下午，我和亮子正给棉花打药，一人背着一只塑料药壶，手握药枪，在田里穿梭来去。惠提着一个包裹过来了，我问是什么，她说是煮玉麦，玉麦就是玉米，也有人叫番麦。她招呼我俩到地头上来吃煮玉麦。

煮玉米很香，生玉米是有浆的，煮熟了，浆都化作了味道中的精华，啃得人满嘴生香。惠一粒一粒剥下来，递到亮子手里。她穿一件白花衬衣，袖口和领子上一圈花边，衣服和她小麦色的皮肤说不出地相配。惠说不上好看，但细看鼻眼精致，性子也好。她和亮子悄悄好上了，惠她妈似乎也同意，只是装着不知道。听说村里也有追惠的人，有钱也有势。亮是个诚实的人，父母无靠，有个女孩子喜欢，是一件好事，我也为他高兴。

我们把啃完的玉米芯扔进身边的小河沟里，玉米芯在水面载沉载浮，漂向远方。

太阳偏西了，天空显示出瓦蓝瓦蓝的颜色。

一天早上，惠来到我们的房间，对我俩说："你俩也该回去看看了，出来好几个月了吧？"我俩说："是啊，好几个月了！"惠说："那明天就动身吧，我妈把你们的工钱都准备妥当了。"其实老家到六月也下雨了，一季庄稼耽误了半季，还不是太糟。我和亮子的心思是到了冬天也包一片果园子，要往出包的园子不少。

惠和她妈开着三轮车，把我们送到了公路边，310国道连接东西，跨省跨县的大巴从早到晚打这儿经过。惠的母亲从车斗里拿出两棵尺余高的树苗，说："渭南的李子好吃，树也好栽，拿回去栽上，年年吃李子，就当回了渭南。"说得我们都有些伤感，仿佛生离死别似的。

亮子有些愣，接也不是，不接也不是。我伸手接了过来。

上了大巴，亮子眼泪汪汪的。他递给我一张小字条，上面两行铅笔字，一行是：我是别人的人了。另一行是：一辈子都是好日子！

两棵李子苗，一人一棵，亮子栽活了，我没有栽活。

2013 年 1 月，我和几个人过风陵渡，去太原北边的灵丘处理亮子的后事。所谓后事，一是经济赔偿谈判，二是取回亮子的衣物。在点燃最后一根导火索的一瞬，亮子未及转身，化成了一缕血雾。他再无尸骨还乡的可能，家里亲人将为亮子建一座衣冠冢。

天空下起了雪，铺天盖地，越下越大。虽然季节已进入初春，空气依然十分寒冷，真正的冬天仍在。黄河在风陵渡东折，地理豁然打开，陕山两省的风在宽阔的河面上厮杀，不分胜负，雪花被吹起吹落。雪落黄河静无声，成股成股的雪花落在水波里，像没落一样，像一个人的彻底消失。过了大桥回头看，华山影影绰绰连着天际，陇海线穿山过涧无尽绵延，大雪笼罩了整个渭南塬，华山下某个微不足道的村庄，那些炊烟和欢笑、生活自带的悲欣愁苦也被风和雪涂抹得了无痕迹了。

桐子故事

1

从峡河到峦庄，中间要翻越三条岭。桃坪现在也由乡建制变为行政村了，那里是三条岭起源地一条岭开始的地方，再往南走，是伏牛山脉，就进入了南阳。为什么叫三条岭而不叫三道岭或别的？我也不清楚，的确，这个条字叫得有些怪怪的，似乎那是一条披挂而非山岭。

三条岭靠峦庄那一面，是十里下坡，下到坡底，是八岔河，过了河再向东五里，就是峦庄镇。峦庄镇从民国起就是峦庄这片地界的首府，所谓经济、文化、交通和权力中心。一百多年的古镇，如今全无古的样子味道了，有的是拔地而起的水泥楼群，杵在有时污脏有时清透的峦庄河两岸。街上卖的都是带有现代气息的东西，比如冬天取暖的家什是电火盆，而非木炭，女人的鞋子一律高跟半高跟，真正诠释了女性的地位升高从鞋跟开始，连街上跑过的狗，不少都理了时髦的头型。

十里下坡的公路边，全是桐子树，当然那是三十多年前的景象了。如今都是松树和箭茅草，松树霸道，箭茅草也不是省油的灯。有了它们没有别人，偶有几棵桐子树，老气横秋的无处立身。如今的春夏时节，一岭葱绿，间以形色奇异的野花，走过这里让人有衣锦还乡的兴奋感、满足感。到了冬天，岭上一半葱绿一半枯黄，像一张失败的油画。小地方经济不好，管理交通的人员躲在那些弯道里，借地势和草木掩护，抓来往的违章摩托车，罚款创收，一抓一个准。人们如果不是大事急事，一般很少骑车过往，要过往，也会选择早晨或晚上。

　　三十多年前，我在峦庄镇读初中。那时候大部分同学都不怎么爱学习，上学，似乎只是为了完成打发少年光阴的任务。比较起来，我算是较爱学习的一个。但和那些烧脑的文字数字比较起来，我还是更爱那些与成绩无关的东西一些，比如沿路的桐子，从桐子花到桐子都爱，爱得也没啥道理，就是觉得好，觉得它们是我的，我也是它们的。

　　桐子花三月开，这时候很多花已经收尾，桃花、杏花、梨花、海棠花们全都香消玉殒了，而更多的夏花还没有到来。天气已经很暖和了，这时候，天突然冷一场，甚至还会下一场雪来，待气温再暖和时，桐子花就开了。大人说，桐花还要寒风冻，似乎受冻而开是它们的宿命，命里的一个劫数。桐子花算不上好看，也不难看，朵算不上大，也不小，但它的香气不一样，是一种清香，气味像极了它的颜色和形状：白色花瓣镶嵌着淡红色的蕊，每一朵每一枝都相似，像一胞胎亲生姐妹。桐子花一开一坡，浩浩荡荡，密实得不见其他。远远看，一坡的花，像话痨，谁也插不上嘴，不像别的花，有红有绿，有让人插足的空间。

　　那时候孩子多，如果上学都赶一块了，从前到后要排好长的队伍。前面的进了桐花阵，后面的还在岭那边；前面的过了八盆河，后面的还在花阵里。上学的人每人提一只网兜，兜里白馍黑馍杂面馍一目了然。女孩子爱虚荣，在馍外面遮一层报纸，只能看见祖国欣欣向荣的景象，看不见馍的模样。

桐子花有一个用处，治烫伤。八岔河口，有一个还俗的老道士，很老很老了，弯了腰，须发尽白。他经常上岭来收集凋落的桐子花。凋落的桐子花铺满了一地，像树头一样密实，奇怪的是树上并不见减少，仿佛它们一边凋落一边在生长，此消彼长，守恒不变。他背一只编织口袋，每次收集一袋子落花。也不知道他拿回去怎么处理的，掺了别的什么材料，调成膏，装在大大小小的瓶子里，把它们涂在伤者烫伤上，百医百效，几乎不留疤。也不知道哪一年，老道士死了，治烫伤的方子就一同带走了。他没儿没女，传也没人传。再说，治烫伤也糊不了口，一年到头，没有几个烫伤的。他也不靠这个吃饭。再有烫伤的，只能去医院，花好多钱，留一块伴一辈子的疤。

桐子花开过两个月，桐子出来了，个个青嫩得要滴水，但其实都坚硬得砸不开。男孩子用它们互掷打仗，脑袋上一砸一个包。用石头砸开来，桐子白白胖胖挤在一块，嚼在嘴里很香，比核桃仁都好吃，但过一会儿就头疼、恶心。去了桐子的壳晒干了是烧火的好材料，冬天正好烧炕。

学校食堂只有一种饭，玉米糁糊汤，是用玉米糁急火慢火熬成的粥，且只有早中两餐，晚上只能吃自带的馍或者干熬到天亮。就饭的菜就显得很重要，要有油水，可大部分没有油水，没有油水也行，有花样也行，但花样也少，就是一桶蒜汁调酸菜，且量也有限，要合理分配。

金锁家门前有一棵漆树，三丈多高，合抱粗。这么大的漆树，不多见。夏天遮天蔽日，到了秋天，叶子红得像火，照着天烧。一树漆子打下来能熬一大盆漆子油。漆子油也是食用油的一种，也能点灯，送亡人的路上，点长明灯，经夜不灭，照耀亡人远行。但是树太老了，半荣半枯，下半部树干有一半已经朽了。有一年夏天，下过一场雨，天晴后枯的那边长出一大朵树菇来，颜色又红又黄，像西天一朵火烧云落了下来。漆树菇是一种上好的树菇，鲜嫩鲜美，能上席面。我和金锁把它掰下来，满满一盆，但他家里没有油，翻遍了柜子和墙角也找不到。我说，有办法，去弄桐子炼油。我们上了三条岭。

桐子炼油不难。我们摘了一筐桐果，把它们砸开，把桐子抠出来，用蒜臼捣碎了，放进锅里熬，去了渣，竟炼了一碗油。听大人说过，不论什么油，只要放了毒就没事了。桐子在锅里熬，熬掉了水汽，放了黑烟，就算放毒了。

我俩上吐下泻了一晚上，金锁他爹给我们灌了洗衣粉水，第二天才停下来。也幸亏那天吃得不多，油也放得少。我俩三天没上学，也找不到理由请假，那一年，我俩都上初三。

若干年后，金锁上了大学，我上了矿山，从此分道扬镳。我没有他的电话，他没有我的联系渠道。自从他爹妈死了后，我们彼此更加一无所知，唯一隐约知道的是，他没工作几年就去了欧洲，辗转世界，娶妻安家，他乡变作故乡。

三条岭上仅剩的桐子有些年景还会开几枝，零星的桐花躲在万绿丛中，比大片绵延的桐花更好看，清艳无双，一点也不显得失落孤独。

2

　　桐果通常在十月中下旬成熟，果子由青绿变为淡红，最后变成黑褐色，就可以采收了。桐果的蒂很结实，和枝头连接得很紧密，不像核桃和板栗这些果子容易敲打下来。采收桐子是非常缓慢辛苦的活，枝头不高的话，女人和孩子用手摘反倒是最快的。男人们爬上树，用竹竿敲打，把树头枝杈棒打成了披发鬼，总有几个桐果纹丝不动，最后只有任它们留到来年。桐子身沉，运输也是件费力的事，一个好劳力，背一筐，吃力得弯腰驼背气喘吁吁，从岭上到岭下，一天只能赶三个来回。

　　碓的用途十分广泛，几乎任何有关破碎的活都可以用捣的方法解决。把桐果彻底晾晒干了，倒进碓窝里捣，是最有效的出桐米的方法。这项工作一般由妇女和孩子完成，一个人在后面踩碓桄，一个人在前面翻动石窝里的桐果，你起我落，默契无比。处理干净的桐米又白又嫩，像羊脂似的。我们这些孩子，夹在其中忙前忙后，趁人不备，丢一粒在嘴里，又被大人抠出来，哇哇吐一地。

　　桐油就是桐子榨的油，榨桐油的流程和榨花生油差不多。我小时候好事，一身猴气，曾多次参与大人们的榨油劳动。烦琐的细节都不记得了，只记得桐油透明纯净，那淡黄的颜色找不到对应参照的东西，所以无法描述，用一物去形容和说明另一物，这古老的、无所不能的表述方式在桐油面前彻底失效了。榨出来的桐油装在盆盆钵钵里，有外地人来收购，虽说卖不了多少钱，油盐酱醋钱也有了。

桐油是最好的漆染家具的漆物，林师傅是最好的漆匠。

一般说来，木匠也是漆匠，漆匠也是木匠，很少见谁家请了木匠，打好了家具又请漆匠的。木匠不一定多才，但一定多艺，否则，没法踩百家门头。只有林师傅，偏偏只会漆工，对木匠的活一窍不通，但因为手艺太好，哪怕是身怀独技，仍然不愁饭吃。也因为手艺太好，弄得同行常常没了活路，让人慕又招人恨。

林师傅也不是当地人，有说是河南的，有说是湖北的，也有说是四川的。他自己不说，别人当然只是乱猜。人们的根据是他的口音，但出门久了的人，吃四方饭，应八方景，乡音早已无存，留下的是两掺三掺的杂糅音腔。林师傅来到峡河时，四十岁了，手艺不是在峡河学的，是从远处带来的，他一到来就是大师傅。他自己说是家传，这一说法大家自然是信的，好手艺大多来自家传。四十岁的林师傅到了峡河，四十一上就娶到了女人，自然也是得益于他的好手艺。女人小他十七八岁，还是个黄花闺女，叫刘兰花。

刘兰花她爹是个席匠，一辈子织苇席。出门织，也在自己家里织，需要的人上门来买，或用东西交换。刘席匠的席匠生涯就这两个方式，一半出外上门，一半家庭作坊。刘席匠老了的时候，就不出门了，房后山上养了一片芦苇园子，五六亩，方圆几十里的人家用席也够了。刘席匠织了一辈子席，手里也攒了点钱，在周遭算殷实人家。

早些年，人都穷，置不起棺材，大多数人死了，用苇席一卷就入了土，那苇席自然也是出自刘席匠的手。刘席匠从东山织到西山，从白天织到晚上，织出的席，一半用来晒粮，一半用来卷人。后来，人们日子过得宽松些了，有人开始使用棺板，当然，苇席这时也没有缺席入土为安的事业，再后来，全都改用棺板了，就没苇席什么事了。人总是有了星星想月亮，这时候，又有人开始给棺材上油漆，要让死者在地下长眠得更安然、长久。

刘席匠织了一辈子席，看到亲手织的席卷了数不清的人，但从内心里，他对席卷人入土的方式是不认可的，他觉得那才真叫草菅人命。同样，他对后来的人们给棺材刷满从街上买来的化学油漆也深恶痛绝，那玩意不但不防腐，而且那气味怎么让人安宁？总之，人这一辈子太忙，没睡过好觉，走了，到了另一个世界，一定得睡安稳些踏实些。刘席匠的最大理想，是有一口桐油棺材。

这个理想，林师傅帮他实现了。

那一天，我们全村老少见证了桐油由生油变熟油的伟大又壮观的过程。

林师傅在刘席匠家的院子里砌了一只齐腰高的土灶台，灶上架起一只大铁锅，用柞木柴火在下面猛烧。先将从河里挑选来的光净石子放在锅中炒，石子炒烫后，倒入生桐油。倒多少？肯定有讲究，林师傅只是倒，嘴里不说。接着锅里翻江倒海，随着温度越升越高，桐油里的水汽逐渐蒸发掉了。空气里有了香味，香味铺天盖地，像一个大毯子蒙住了整个院子，但那个香，是谁也没有闻过的香，浓烈放荡，说不出来是好是坏。此时，大家看到锅中的桐油泛起油花。林师傅快速加了一铲粉状的东西，一会儿，桐油面上泛起一层白色的泡沫，并冒出浓浓的黄烟。林师傅指挥一个青年用木棒奋力搅拌，泡沫迅速地与桐油密合，这时候烟色由黄转黑，浓烟直冲天上，渐渐消散。林师傅用木棍挑出一缕桐油，滴在石头上，用手指蘸着桐油往上拉长，拉出很长的细丝来。林师傅命人迅速浇灭锅下的火，大喊一声："成了！"

围观的人好奇又紧张，又不得要领，像看了一场戏，又像做了一场梦。觉得林师傅真神，才知道原来桐油可以这么熬成好东西，以前总是把桐油生生卖掉，好可惜。若干年过去，当熬桐油不再是独门绝技，大家才知道，那粉状的东西是土子粉和樟丹。

经熟桐油由外到里刷过三遍的柏木棺板，简直像一只多棱的镜子，映照出一群人怪异好奇的嘴脸，映照出天上的太阳和游荡的云彩。为证明桐油的功效，林师傅往棺里倒了一桶水，倒进去时满满一桶，舀出来时一桶满满，不多不少。刘席匠说，这狗日的桐油，怕能护人身子一千年！

3 /

林师傅和刘兰花生了一个女儿，叫林萍儿。刘兰花一副好身段，两扇好屁股，像一团棉朵没有开苞，要多饱满有多饱满，生多少都不是问题，但不敢生，政策紧，根本承受不起罚款。林师傅走的那年，林萍儿十三岁，还在读初中。满打满算下来，刘兰花和林师傅做了十四年夫妻。对林师傅的走，刘兰花是真的舍不得。下葬的那天，天下着雨，刘兰花从头到脚都湿透了，有人说是雨浇的，有人说是泪浇的，其实两个都是。

满打满算，林师傅在峡河生活了十四年，行云布雨的桐油匠职业生涯十四年，不算长，也不算短，但经他使用过的桐油，刷过的家具，不知道用什么才能计量清楚。他传下的手艺，他有意无意带动的行业，在他离开五年后也戛然而止。按新的经济发展要求，乡村产业转型，上面要求弃桐子改播松树。一种产业、一个行业随着世事的转腾而终于凋落、寂灭了。

有一年的有一天，林师傅送林萍儿去上学。学校在镇上，星期六接回来，星期天送到校。他骑一辆大杠，车头上挂着书包和干粮袋子，车后座上载着女儿。车下三条岭，桐子花正开，路里的花，路外的花，头连着尾，尾连着头，天地间仿佛再没有别的。人车在花中穿行，头上的天，鼻孔里的花香，车轮的轻快，真叫人快乐啊。林师傅想，今年又是好收成。

车到二道盘，那里有一处泉眼，四季清水汩汩，又甘又甜。来往的人、雀鸟、小兽都在这里饮水、歇脚。因为潭在低处，人需要双腿跪下，伸长脖子才能饮到水。有一个传说，说泉眼里有一条鱼精，受人的跪拜时间久了，已经得道，有时晚上会出来清理水潭的脏物，让泉永远清清净净，但谁也没有见过，倒是有三两条小鱼，不知从哪里来。

林师傅有些饿了，他把一只饼分成两半，自己一半女儿一半，就着泉水吃起来。在吞最后一口时，他感到饼在喉咙里卡住了，上不上，下不下。他掬起一捧水，灌下去，也不管用。他知道这是怎么回事，他想起母亲也是这样的情形，这样卡了几年，走了。

林师傅请匠人给自己打的棺是一口泡桐木棺，泡桐木材质松软，不经腐，但好处是得来全不费工夫，一排大树就长在院子边，就地取材。山上硬木头不是没有，但林师傅感到自己没工夫了。刘兰花说："还早呢，让树再长几年。"林师傅说："不早了，早晚都得准备。"刘兰花说："也给我备一口。"林师傅说："你还早，让树再长几年。"

林师傅给自己熬桐油的壮观场面和十四年前在刘席匠院子里第一次熬桐油的场面如出一辙，围观者众多，帮忙的也多。虽然这时候这门技术早已不是秘密。林师傅有些感慨，自己在峡河这片地方，第一锅桐油在这里开始，最后一锅桐油也在这里收尾，仿佛早已被安排，被注定。世界上很多事，开头与结局惊人相似，或者说开头就是结局。在最后退去锅底的柴火时，刘兰花有些慌张，把锅底打了个洞，熬成的桐油倾泻而下。虽然众人奋力抢救，熬成的晶亮的好东西只抢救出三分之一，漏掉的部分化作了一阵冲天大火。

林师傅的棺板刷到一半，没有桐油了，疏松的泡桐木特别吃油，另一半，只好去街上买来一桶洋漆完成。不说别的，仅颜色就显出了差异，林师傅叹口气，说，这都是命。

林师傅走了两年后，有一天，刘兰花收到了一封信，寄件地址不详，寄件人不详。收信人姓名是林懿德，刘兰花不认得名字里中间那个字，问女儿林萍儿，林萍儿这时已经上了高中，没有不认识的字，说那个字读 yì。

刘兰花开始以为寄信人把地址和收信人名字写错了，想退回去。丈夫的名字叫林建业，从来没有听人说过这个怪怪的名字。可乡邮递员说，没有错，邮政编码都是对的，门号都是对的，再说，谁知道往哪里退，退给谁。

刘兰花就拆开信读了，读完，才知道寄信的人没有寄错地址和收信人。她读了信，悄悄哭了一夜，早上起来做饭，就随手把信丢进锅洞里烧了。烧尽的信没有成灰，保持着纸的形状，从灶洞飘出来，飞出了院子，在空中飘飘荡荡。刘兰花对着不肯落下的东西心里说，你就落下来吧，我读过了，就是你读过了，你一辈子前前后后我都知道了。那片状的东西飘飘摇摇，打着旋儿，在院子上空螺旋下降，最后落在了墙角，变成了灰烬。

林萍儿从房间里拿着一件好看的衣服出来，准备上学去，问写的啥。刘兰花说，没写啥，是有人把信寄错地方了。

商州记

1

在生活地缘上，我与商州这座小城基本没什么关系，但因为一些人生变故，又与之产生着扯不断的交集，而在行政版图上，它一直是辖治我家乡峡河的地市级首府，这层若即若离的关系，像老死不相往来的远房亲戚。

我老家峡河在莽岭与伏牛山交接地，我从小记忆最深的山，是遥望可见的黑牛崖而不是秦岭，那里是山猪北上的断头处。冬天里，持枪的猎手在这里守株待兔或敲山追击，到了这儿的山猪很少有逃掉的，逃掉了，就进入了莽岭，莽岭向西连接着茫茫秦岭，那是它们的另一片生栖天堂。商州城北边的龟山自金凤山逶迤而来，它是秦岭最有内容的枝丫之一，拥大半个商州城入怀。据说，著名的"雪拥蓝关马不前"的诗句就由金凤山起，蓝田关在地理位置上已接近关中，地势要比金凤山缓和许多，让马难前行的大雪也应落在商州至金凤山一带。峡河距商州三百里，在山区，这是称得上遥远的距离。

我十八岁那年春天，坐了敞篷的汽车第一次到丹凤县城，据说到商州只有一百里了。那时候小，没见过世界，虽然眼前一切都是新的，有一种萌动又有一种慌恐，也只有心向往之。二十岁那年写了个古装剧本《桃花渡》，投给商洛剧团的陈正庆先生，他编剧执导的几个戏剧当时风靡中国。他给我回了信，让去州城谈剧本，想想路途迢远，来回要花二十多元吃住和路费，也只有放弃了。后来，出门远行，我无数次路过商州，看着它由乌压压一片大农村日渐变成现代都市，像一只转动的魔方。但也仅是路过而已，像今年路过去年，左边路过右边。

2002年，在灵宝朱阳镇王峪金矿打工一年，工资也拖了一年。我那时候已经是技术工，收入让人欢心。到了年关，包工头与老板因矿石品位纠纷久峙不决，工程款死活无法结清。包工头是老家镇上人，与我沾一点亲戚，他对大伙说："这事不打官司不行，大家谁也不能退，后退了谁也别想结清工资。"在矿山下的小旅馆安顿了工人，拿起账本，他带我来商州城里找政府里的熟人帮忙。

在商州城里，我们辗转了一天，北风吹龟山，吹纵横迷茫的街巷，在清冷的一条巷子里，我们吃过三顿手擀面，到底也没见到那位熟人。天黑时分，在黄沙岭上，回看州城万家灯火，清楚它与我们本无关系，也不会再发生关系，一股悲苦涌上心头。我们狠狠撒了一泡尿，心里说："别了，商州！"我们有各自的悲愤，我的悲愤是，半年的工资泡汤了。

2

与商州再次发生交集时，我四十四岁。

那一天，在南阳一处矿山的工作采场，耳朵突然什么也听不清了，只看到钻机消声罩喷出的雾气笼罩整个采场，仿佛是它把声音吸掉了。出洞口时，看见工头老婆的斧头高高举起，无声落下，她正奋力为厨房劈一堆柴火。我给爱人打电话："快带五千元钱，我们明天商州见。"我听见电话那头，她的声音近于蚊吟。

在商洛人民医院，一住二十二天。主治的医生说，耳聋病，基本没治，死马当活马医吧！我不想当死马，还有数不清的矿山工程等着我去干。我要积极治疗。

时序正是四月，金凤山的野桃花已经开败了，还有说不出名字的各种野花开着，它们或红或白，或浓或淡，星星点点又成片密布。在十八楼神经内科病房，我一眼就看见了它们。每天早晨看见它们开了，每天黄昏看见它们隐没或凋零，它们循环往复，无穷无尽。对于季节，它们在完成自己，而我，在打发苦闷的命运。若干年后，在喀喇昆仑山脚，每天看对面山头雪起雪融，觉得命运真是一个轮回往复的怪圈。

商州是个多寺的小城，金陵寺、大云寺、西山寺、松云寺……据说商州城周围有八大寺庙。它们环绕四周山头，成为山岳的一部分，朝朝暮暮，没有哪双手能将它们挥去。凡寺庙，都有故事，我不知道它们的故事，我还知道，众多的香客和游客与我一样无知。也许，正因为无知，才有了香火的延续与传远。信仰，与穷苦有关，也与富庶有关，归根处，是因为此身无可相托，从建修者、膜拜者，乃至无关者。

治疗期间的第五天，爱人回到了乡下，继续侍弄那一亩三分地。这二十二天里，我一个人除了在病房，就是在街街巷巷间转悠。从北新街到沙河边，从龟山断口处到黄沙岭，我贯穿了它的东西和南北。商山自古名利路，历史里，北上与南下的学子商贾们在这里相遇或匆匆交肩而过，各奔仕途与商途。但时光轮转，随着火车南线的开通，丹江水路的衰落，这里早已冷落不复旧亭台，偌大的城市，其实是清冷的，人们并不拥挤奔忙。久了，我发现，这是一个没有自己物产与饮食的城市，比如冒菜，来自山阳，比如豆干，来自黑龙口，而青茶，来自陕豫交界的商南，要说物事，只有十分微妙的商州方言，那相似又相异于关中方言的语气与语速，那粗硬与生动。

据说沙河里有沙金，据说多少年前，沙河曾是热闹的淘金场。我查过资料，在秦岭商洛段，并没有出现过大型矿脉，没有源头，沙金从何而来？但有病友说，若干年前，沙河确实淘出过指头大的金块。唯一的解释是，地理有太多的无解之谜。几年后，我曾骑摩托车沿丹江游走，幻想那"大河拐弯处有金沙现"。

二十二天，我的听力恢复了一半，我带着一半的听力，再次下了南阳。

3

三年前，爱人说，乳腺经常痛，下南阳去查查吧；两年前，爱人说，它好像加重了，去西安吧；今天，我们到了商州。

时光如幻，我们都已白发丛生，而商州城更加蓬勃。它的年轻看见我们的年老，它的繁华见证我们的凋零。依旧是小城唯一的三甲医院，依旧是同一住院楼，不同的是由昔日的十八层上升到十九层，神经内科转换到乳甲科。

一番化验、检查之后，我们住了下来，等待手术。这是段让人忧愁无聊的时光。

商州城向东向北又铺展了数公里，楼群又向天空占据了无数空间，昔日鹤立鸡群的住院楼在同类围剿挤压下不再一枝独秀。物非人改，所有的一切，都变化得令我不敢相认。

在院前一街之隔的小吃城，依旧挤挤挨挨，充满了烟火气。我们再次见到来自宝鸡的饭店主人老杨。老杨已显富态，不见富态的是他的爱人，一个小巧的甘肃女人。他俩竟还记得我和爱人。

我们坐下来。店铺差不多都已打烊，只剩几家还开着。看得出来，疫情两年来，受影响最大的还是餐饮业，门虽然都还开着，从业者与食客却都没了心气，最明显的是，厨柜都是空荡荡的，拼盘已从人们的点餐需求里下架了。餐饮是一座城市的活字书，从中可以读出无数内容，甚至过去与未来。显然，这座城市也在凋落它身体的某些部分，膨胀只是形体。不独商州，整个北方似乎都在面临相同的境地，这是一个复杂的话题和问题，似乎并无答案。我们要了两碗岐山臊子面。

面端上来，老杨不好意思地说："对不起，臊子没多一点了，给你们加了鸡蛋，不知道好不好。"老杨一边忙，一边告诉我们，再干一年，他们就回老家了，在老家盖了新房子。他摸了摸头，突然说："呀，在商州十年了，嗯，十年亲疏两茫茫呢！"

老杨两口子坐下来，晚上九点半了，小吃城差不多已清场，清洁工开始打扫卫生。来这儿吃饭的主力不是病人就是陪护的家属，老杨当然猜得出我们此刻的身份。我看得出，他是有意陪我们说话，想要让我们解脱什么，变得释然一些、轻松一些。我们彼此都是异乡人，在这个异乡的地方，其实也没话可说。

老杨说："我其实一开始不是开饭店的，是吹唢呐的，就是在红白喜事上吹喜吹哀的。十五岁就开始吹，开头跟着班子往西吹，吹到天水、通渭、陇右，差点吹到兰州。那边的人更能吹，吹的曲子也不一样，那边是秦腔的发源地，日子苦焦，吹得烈也吹得苦，吹的都是血肉心肺。我们感到吹不过人家，就掉头往东吹，我吹到了商州，有人吹过了黄河，吹到了山西。"

我说："你走错了地方，商州人不听唢呐，你应该往河南吹。"老杨说："你说得对，因为走错了地方，我改了行，开饭店。人说，生意做遍，不如饭店，吃饭是人的一等大事。"老杨的女人插话说："饭店开张那天就是他吹的迎宾调，来的人很多，都没看见过小饭店开张还请乐班子的，生意一下就做起来了。"

老杨说："有一年，有一对新疆父子，在这里医院看病，父亲得的是很不好的病，医生对儿子说，吃一顿是一顿，你爸愿吃啥就让他吃啥。儿子满商州城给父亲找拌面，找到哪儿也没有，找到了我这里，他问有没有，我说有，其实我这儿也没有。很多年前，我看过一个有关新疆吃食的纪录片，里面有拌面的做法，我用回忆加想象给他做了一份拌面。老头子吃着我的拌面，走完了最后的时光。死后就葬在了东龙山，本来要回新疆安葬的，但老头说，有拌面的地方就算家。"

回来的路上，爱人说："老杨两口子和他们的臊子面一样好，我们明天还来吃！"

我听见了她的话，点点头，同时又听见了另外一个声音：

九尽花开春又来

可是又一载

…………

蝴蝶儿双双飞墙外

鸿雁飞去紫燕来

…………

这是豫剧《桃花庵》里的一段词，它由一只唢呐发出，无声，又声音无限，铺排向商州城漆黑的夜空。

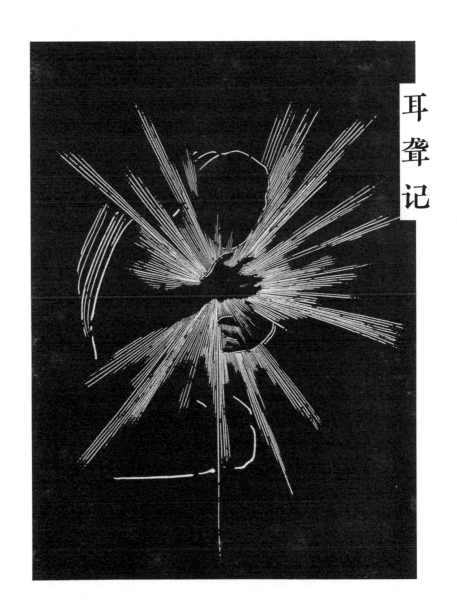

耳聾記

我的右耳失聪已经十年了。

十年前 2013 年的春天，我在南阳内乡县一个叫四台沟的地方开银矿。矿规模很小，只有一条百十米的斜坡巷道向地底延伸，因为基本没什么矿，已形成的采场只有一线天似的一条夹缝。工人不足十个，包括我的弟弟和哥哥。对我来说，2013 年是个有着特殊记忆的年份。这一年，母亲查出了食道癌，我挣了十万元又得而复失，我的右耳在噪声中失聪，一年后，我因职业病彻底离开矿山……

作为一名危险如影随形的爆破工，身上最重要的法宝之一，就是一双洞天察地的耳朵。2013 年之前，我的听力能细辨秋毫。有一次，我坐在屋檐下吃早饭，听见在三十米开外的山墙下的鸡窝里有细微的声响，我对爱人说，鸡窝里有一条蛇。爱人跑过去，果然是一条菜花蛇在偷吃鸡蛋，鸡窝里铺着麦秸，声音发自蛇鳞与麦秸的摩擦。

而一切，在一个再平常不过的下午，彻底改写了。

一级平巷上的采场已经报废，我们在二级平巷上开辟新的采场。这是第一个班，空气污浊而沉闷。在高度不到两米的巷道上方，一条矿脉影影绰绰，宽的地方有三寸，窄的地方近于断绝。这是银矿，矿体呈灰黄色，与两边的岩石泾渭分明。若仔细察看，会发现在一些矿体上，有头发丝一样的银线，丝丝绕绕，并不泛光，它向人昭示，含银量很高。我一直不知道怎么提炼纯银，虽然我已经有了丰富的炼金技术。

我们一班三人，一人打杂，一个人帮助机器操作，这天帮助机器操作的是我大哥。风钻开动了，是28型风钻。它沉稳有力，在狭窄的空间里发出的声音更加震耳欲聋，消音罩喷出的白色雾气弥漫了所有地方，头灯的光柱变得无限暗弱。大家的交流只能靠手势，或是在风钻停下的瞬间。

因为是向上打孔，后坐力让机器格外弹跳，我吃力地掌控着机身。钻头穿过了矿体，我明显感到了它的加速，与岩石相比较，矿体要松软许多。含了重银的水颜色有些发乌，它从头顶浇下来，沿着安全帽檐四处流泻，流进了脖子里，有一点点烫。有几滴流进了嘴里，它有一点铁腥味，然后是甜味，这种甜味无法说出，微微的，又久久持续。我想起来小时候含过的糖精。小时候感冒了，不想吃饭，大人会拿出一粒糖精放到孩子嘴里，那时我身上所有的不适、悲伤就立即消散了。

操作中，我突然感觉体力不支，摇摇晃晃，想坐下来歇会儿。这样的情况在以往的工作中时常发生，坚持一阵或歇一会儿就缓过来了，有时候是饿了，有时候是因为空气中缺氧。但这一次怎么也不行，我感到头发晕，恶心。我努力抱住风钻，打完这个孔，这个班就可以结束了。

我大声喊打杂的那人来替换我一会儿，我看见他张开嘴回答我，快速跑过来，但我听不见他说什么。他跟随了我一年多，虽不能独当一面，但也会点基本的操作步骤，我以为是风钻的声音盖过了他的声音，我停下机器，他的声音非常小。我知道，我的耳朵聋了，因为这样的情况在别的地方别的工友身上发生过。

装填完炸药，收拾好机器，我们往上爬，出洞。我感到更加头晕目眩，站立不稳，有一辆架子车在岔巷里，我让大哥拉过来，我坐上去，斜坡顶上的人听到了电铃，开动了卷扬机。出了洞口，太阳偏西。包工头的老婆在灶房边劈柴，我看见斧头高高举起，无声落下，松木的柴瓣在她脚下一分为二，二分为四。

当晚，我赶到了商洛市人民医院。

震爆性耳聋是一个漫长积累的结果（当然，耳膜突发破裂属另外一种情况）。有的三年，有的五年，有的十年八年，至于为什么它会突然在某一刻发出致命一击，这是一个医学也无法回答的问题。但可以肯定的是，在此之前，一定有过巨大创伤的铺垫。

2011年冬天，在灵宝老鸹岔。

主巷道在三千米处分开左右两巷，我与一位老乡周师傅负责左巷，另外两个四川人负责右巷，它们像两条河向不同的方向奔流。据说，主巷已打到了一万多米，穿山越岭延伸到了陕西的某条山沟。上班时，我们经常碰到贪近路的人沿主巷去陕西，打着矿灯，背着行李，拖家带口。他们大多是山上的工人，也有的是在矿山做小生意的陕西人。当然，过路的人是交了通行费的，每人十元、二十元不等。

这一年的冬天真冷啊，冷到凡是有流水的地方水都停住了，变成了大冰溜子。我们矿口右前方有一道悬崖，春夏秋三个季节是可以"遥看瀑布挂前川"的。这个冬天，我们每天就看到一个大冰瀑布从崖顶上垂挂下来，无力的太阳每天从它身上发出三响反光然后落下。如果下雪，雪落在上面会让它变得粗糙，仿佛生了一身鳞片，天一晴，它又变得光滑晶透了。下班后，坐在工棚里，一边准备下一班的材料，一边看冰瀑和希望它垮落下来，后者是我们每天最大的愿望和快乐。

右边巷道的石头要比左边的坚硬得多，因此他俩总是晚于我们下班，我俩就坐在主巷上等他们。开始的时候，还能听见他们机器的轰鸣声，渐渐地，就只能听见爆破声了，再后来，连爆破声也很小了，巷道已经掘进到很远了。宿舍的电水桶每次只能烧一桶水，一同下班，可以节约洗澡的热水，更重要的，还是有个照应，如果哪一方出了事故，可以第一时间知道和救援。我们彼此相约，如果哪一班人超过了时间还不出来，就进去相救，哪怕是见最后一眼，也算是送行一场。关于岩石，若干年后，我得到的知识是，在同一山体里，岩石软硬是由山峰与山坳的差异造成的，左巷穿越山坳，而右巷正在一条山峰下。

一天晚上，大家正在睡觉，床头的电话急急响起来。这部电话，有一头与洞内工作面相连。电话里渣工报告说，左巷爆破失败，右巷被爆下来的巨石挡住，无法装车。反正都是处理工作面，我和同伴就自告奋勇要左右两边一同处理了，他俩可以继续休息。

伙伴去处理残炮，我去右巷处理巨石。到了工作面，一块巨石遮住了半个工作面，那些炸碎的石块被压住了，只有清理了爆下来的碎石才能继续下一茬爆破，此时渣工只有干瞪眼。巨石来自爆破的工作面上方。按经验，应该在石头上打一个孔，这样既省炸药又有效果，但这样十分耗时间。我拿来了五管炸药，把它们集中在石头中心部位，装上引信，再压上一些碎石，它们起密封夯实作用。这是可以炸碎这块石头十倍的药量。

在爆炸点的二十米外，我按下了起爆器，这里正好是一个拐弯，可以躲避飞石。

我听到了"叭"的一声，那是雷管爆炸的声音，接着，一声震天动地的巨响，五管炸药引爆了。这一声巨响实在太大了，我从来没有听见过世界上有这么大的声响。这巨响似乎是方形的，充满了坚硬的棱角，又像圆形的，充满弹性，充盈了所有空间。它顺着巷道往外推进，从天花板到地面，左壁到右壁，满满当当，速度快极了，有力极了，躲避不及的风筒布、墙壁上的挂钩被撞落在地，碾轧而过。在经过我身边时，它像洪水一样拐了个弯。我立即感到身上的一切都不属于我了。

我的左耳右耳似有两根铁丝捅进来，它们很细，也很烫，穿透了耳膜，进入了脑体，它们又拉出来，重复相同的动作。我什么也听不见了，感觉两根铁丝变成了两根铜丝。它们细如麦芒，长得没有尽头，像卷尺一样，被人拨动着，从耳孔里往外拉。

这种感觉，在床上躺了一天一夜后才消失了。

两个四川人姓杜，老的叫老杜，小的叫小杜，是一对父子。老杜当过兵，参加过对越自卫反击战，转业后，干过三年村支书。我曾问他，好好的村支书为什么不干了。他嘿嘿一笑说，可比打仗难多了，干不来嘞。我记得他有一身白白胖胖的肉，每次洗澡，也不怕冷，拍打着身子说，我这是甲级身体呀。

老杜、小杜完成右巷工程就下山了，十几年了，再也没有他们的消息。说说老乡周师傅。

第二年，还是这个矿口，我和周师傅打一口天井。岔道打到了一千多米，打出了好矿，不打天井，透不了空气，再好的矿也没法采出来。天井打到了二百米，那一天，正上着班，周师傅突然停了风钻，一边解保险带，一边喊，耳疼，耳疼。我俩抓着大绳下了巷道，我扶他走出洞口，他就变成了石聋子。老板第二天把他送到西安，住了一个月医院，也没有治好。从此，他再也没有上矿山。

周师傅走后，我又带一个人接着上班，只一炮，就把山体打透了。老板悔青了肠子：妈的，早不聋，晚不聋，最后一个班聋，真会聋。

前天早上，我蹲在峡河边洗脸，水清得像蓝布一样，又凉又缓。周师傅从对面山上背一根柴下来，他一头大汗，也来洗脸。因为配了助听器，勉强可以交流。我问："还记得上小学时一起在河里捉鱼不？"他说："不记得了，好多事都不记得了。"我们半说半猜聊了一阵，末了，他叹了口气，自言自语道："河水也不记得我们了，人这辈子，来过，又像没来过一样。"说着，他背起柴，过了河，走远了。

谨以此文纪念我失聪的右耳和耳中岁月，也顺致正在失聪路上奔跑的左耳和听不见的未来。

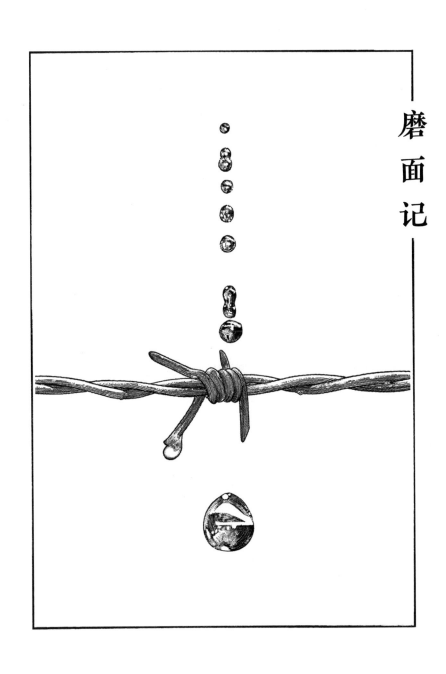

磨面记

家里的面粉缸见底了。爱人淘了二斗麦子，说，今天去把面磨了。

　　老家已经有十年没有种麦子了，这些是十年前的陈麦子。我家板楼上有三个塑料圆柜，像三个蒸馒头的蒸屉，因为年久，它们已由枣红转为土红色，脆弱又高大，一字排在墙角里。圆柜分三层，每层能装二百斤，因为装得太满，顶上的一层几乎合不拢盖子，用胶带封缠一圈。我算了算，家里还有近两千斤麦子，如果单以存粮计，我家算是方圆最富裕的人家了。

　　记得十几年前，村里有个漂亮的女孩子患了精神病，人们叫它"魔怔"，像着了魔似的不顾羞丑，在很多地方治了都没效果。有一位老中医开了一个方子，方子里有一味很重要的药叫浮麦，就是存放了十几年的陈麦子，说是有很强的镇静作用。女孩子的父母东河找到西河，山上找到山下，找了无数人家才找到一捧，就是两只手掌拢起来捧得下的分量。那时候麦子已经家家有，但十几年的陈麦子谁家也没有。女孩子后来还真医好了，嫁了人，如今已是做外婆的人。如果现在我家里的麦子都能派上用场，那得救多少人呀！

　　摩托车驮了麦袋子往坡下走，满是深痕的泥土路，骑得一身汗。这无关技术，摩托车载物要比载人费劲得多，因为人是活的，而物是死的。至于去哪家磨坊，有两个选择：上了通镇公路，沿峡河往下走，是史家，主人是我的小学同学；往上走，是陈家，路较远一些。整个峡河村，也只剩下这两家磨坊了。我决定往上走，一方面是爱人说，陈家磨出的面细腻，出面多，另一方面，向上的方向正好是少年时去外婆家的方向，我有许多年没有走过那条路了。

峡河水已近干涸了，来自两边山上支支汊汊的小溪水也已完全断了流，但沿河的芦花异常茂盛，它们铺满了河床，又向岸上侵犯，把石头、泥沙、枯枝败叶全掩藏在了身下。芦花并不白，有一点棕色夹杂其中，接近蛇纹色，动起来，像无数蛇影在飘逸。这是峡河冬天里唯一的生动景象，这景象从童年一直持续到今天。据说有一些沿流水和泥沙到了长江，去装点别处的秋天和梦境。

在还没有通公路的年代，父亲每年都有几回挑着两只竹筐，一头是我，一头是弟弟或妹妹，颤悠悠往外婆家走。外婆家在西街岭脚，翻过房后的山，就是河南地界，那边有一个很古老的镇子叫官坡。我记得总有一个或一群人背着床板，去河南小集上卖。床板是青冈木的，很沉，新解的木板散发出一股酒糟味，那是青冈木特有的气味。他们在床板下绑一根粗木棒，棒两头垫以木块，使木棒与床板保持两三寸宽的缝隙，以方便拿捏。木棒托在脑后，像一只乌龟背着巨大的背壳爬行。有时候突然一阵风卷来，背床板的人被推转了方向，这时，我看见床板下面一张汗津津的脸，有的是少年，有的是老年。

磨面师傅是一个瘫子，只能在地上爬行，借助支撑物件，也可以半支起身子坐下来。我认识他，但他不认识我，在峡河，很多人都已经不认识我了，只是名字还知道。他的半自动上料磨面机说不上落后，也说不上先进，我见过更落后和更先进的磨面机。政府正在进行村容整改，他的小磨坊有碍观瞻，马上要被扒掉，因此今天来的人很多，但大都是磨玉米糁的，人们早已不种麦子，只种一季玉米，使土地不至于荒掉。时间流转，玉米再次成了人们三餐的主粮。

机器的声音浑厚而匀称，它从窗口挤出去，成为北风的一部分。铁与铁的撞击声，是清脆的，铁与粮食的摩擦声是混沌的，机器转动与地面产生的振动有大河奔流的感觉。它们把我的耳朵带回了许多年以前，带到了无数的地理与时光，那是长白山、昆仑山，是山巅和地底，那是春天、秋天或冬天……人是非常奇怪的物种，有一些声音，一些气味，总能把一些地方、一些场景、一些时间串联起来，把消失多年的记忆唤醒，组成没有剪辑的电影。在南疆塔什库尔干的一座山脚下，姓王的师傅开一台巨型空压机，他每天吃住在机房里，紧张的生产让他须臾不能离开。但那里是我们上山下山歇脚的好地方，我们在他宽大又温暖的床上躺一觉，一起抽烟或喝一顿酒。铁与铁的撞击、摩擦声，铁与土地的振动声掺在我们的谈笑声里，嵌在记忆里，留存在一生的行程里。姓王的师傅后来得了一种病，他的肺里全是机油与油烟的沉淀物，怎么也咳不出来。

磨面师傅除了会磨面，还有一手木匠手艺，可以独立做很高大的粮柜。许多人看见过他一只手撑着马凳，一只手将刨子在木板上长长地推过去，地上堆起如雪的刨花，他包裹着车胎的双腿在刨花间犁行。在加工二斗麦子的过程里，我看见他坐在机器操控台上，神色专注，无比熟练老成。他戴一只毛线帽子，黑色的毛线因面粉而近于好看的兔毛，脸上的面粉刮下来，可以包一只包子。

今天是冬至，自然要吃饺子。我把面粉倒在铺了报纸的竹席上晾晒。经过机器剧烈碾轧的面粉，依然保持着一个小时前出机仓前的温度。空气里腾起细细的面粉颗粒和麦香，不同的麦子有不同的麦味，春小麦味浓烈，冬小麦味绵长，而十年的麦子与新产的小麦味道也不同。我找不到一个词或一些话形容眼前升腾的、淡淡的麦味。好多年前，家里打了一床新被子，它在门前的铁丝上晒了一天，傍晚去收回时，那崭新的棉花与阳光合成的气味与眼前的麦味有某些相似，但也仅仅是相似而已，那相似的是阳光的部分。将沉的太阳从西边照过来，让面粉更白了。

爱人在厨房和面，我想到该写一首诗歌，记录一年一次的日子，可想了很长时间也组织不出一个句子。我想起有一年冬至日过公主坟，写过一首《过公主坟》的诗，可记忆里已空荡得一无所有，连那年北京冬天的寒冷也忘得一干二净了。

皮衣记

我有一件黑色皮衣，是 2008 年冬天，在甘蒙交界的马鬃山，从一位蒙古大汉手里买的二手货。他是一位牧民，整天骑着马或摩托车在寒风里风驰电掣，矫健得像一只雄鹰。在保不保暖作为衡量一件衣服优不优质的物质与地理条件下，这无疑是一件最好的皮衣。他从身上扒下来，带着浓烈的膻味和体温递给我，扬鞭而去。回到工棚我称了称重量，整整五斤，我怀疑这是从一只刚刚被杀死的猪身上趁热扒下皮，直接进了作坊缝制而成的皮衣，中间没有经过太多工艺环节。

　　"马鬃山，甘肃省也称北山。东西向展布于甘肃河西走廊北端，是以海拔 2583 米的马鬃山主峰为中心的准平原化干燥剥蚀低山、残丘与洪积及剥蚀平地的总称。"这段非常标准的地理术语，是我从百度找到的关于马鬃山的解释，对无数在城市生活的人来说，这是一个绞尽脑汁也无法成像的存在物。我们的铜矿口就在这座庞大山系的某处。

　　我的同伴是一位重庆人，小张。他也有一件皮衣，皮毛一体的那种，非常高档暖和，他因为这件皮衣，因为年轻，成为整个矿山最靓的仔。他比我早到一年，矿洞开口的选址和初期工作就是由他和他的老乡们完成的。在中国的矿山版图上，川渝工队占着很大的比重，且深深影响着开采业的成效，这是一个很有意思的现象，说明川人出川从未停止。眼下，他正与一位当地蒙古姑娘谈着一场暗无天日的恋爱。她叫图娅，给工队做厨师。

时序过了霜降，距离冬天越来越近了，其实从气温来讲，这里早就进入冬天了，近处的草，远处的树，没有一处是有一丝绿意的。早上起来冲着山脚撒尿，尿液浇在草丛上，草丛地上挣扎起来，很快又被尿液冻结的薄冰镇压下去。远处的山峰已是霜尘皑皑、峰线隐约。矿山工程已经结束了巷道掘进，开始大规模采矿，矿车出出进进，叮叮哐哐，老板日进斗金。

我和小张上夜班，白天睡足了觉，就穿着各自的皮衣在工棚和矿场闲转。那时候，我们都有充沛的精力没地方安放。图娅上白班，白班比夜班辛苦的地方在于每天要做三顿饭，而夜班厨师只需做半夜的一顿。图娅把一大盆和好的面放在她的床上，蒙上被子等待发酵。这个过程有些残忍，因为工人上下班是有时间点的，而面发酵的速度有些任性，常常急得图娅手足无措。小张把自己床上的电热毯抽过来，铺在盆下面或者包裹住面盆，开到高温档，面很快就发起来了。他们就是这样相近相爱起来了。

图娅其实是有男朋友的，那是她同村里的一位青年，他皮糙肉厚，力大无比，能扛二百斤面粉上山。但不知道为什么图娅不喜欢他，图娅喜欢笑，一笑就露出一对小虎牙，白得像一对戈壁子玉，但一见到那位小伙子，立马就会收敛起来。小伙子给矿上开车，除了拉生活用品，也拉老板上下山。听说他们年底就要结婚了，图娅虽然不喜欢他，但没有不结婚的理由。

在野外生活，洗衣服是件非常为难的事。这方面，皮衣就显出它的优势来了。所谓皮衣无新旧，再脏的皮衣只要用湿毛巾抹抹，打上油，就会光亮如新。可山上哪有夹克油，我用空压机的机油擦拭了一次，结果皮衣变得糙硬无比。那一段时间，除了上班工作，就是为夹克无油发愁，因为除了皮衣，再没有一件衣服可以抵挡吹向身体的风。还有，对小张来说，已没有另一件衣服能彰显他的玉树临风。

二号采场采到了三十米高，十架梯子也难以攀登，不得不采取迂回的方法，就是沿着采场周围凿一条回旋上升的路，它像一架旋转楼梯，但没有扶手。这样，每次上班，都要做很长时间的准备工作，所以上班的时间就特别长，也特别饿。每次待所有的工具和材料搬运到工作面，我们都气喘吁吁，不得不休息一阵子等待力气恢复。这时候，小张会从口袋里拿出一包盐煮肉和我分享，不用问，我知道这肉的来历。内蒙古手把肉和新疆手把肉有很大的区别，除了使用的种种材料的区别，最大的区别自然是口感与味道。内蒙古的煮肉很紧实，介于柴与不柴之间，非常有嚼劲，肉质没有其他佐料的浸入，只有含了盐的沸水的推力渐行渐深，所以肉的熟和味道是从外向内推进的。在咀嚼的过程中，你甚至能感觉到一百摄氏度的开水波浪状地向肉质内部进入的过程，它一厘米、一毫米地向内发力又迂回，循环往复，最后终于攻占了中心。这个过程，盐分把血水一点点挤向外面，把自己留在了每一条纤维里，仿佛这里原本就是它的家。吃完了肉，开始工作，小张把自己蝙蝠一样吊在悬岩边上，躲无可躲的机器用水和矿末顺着他的下巴和帽檐往下流。他不停地吐一口它们，含了铜的水有一股腥味，那味道锈迹斑驳，它把嘴巴里的一切味道都消灭了，只留下自己。我发现，相对于爱情，这个男人对于工作和生活有着更坚强的毅力和悍勇。

焦心的事终于解决。一天，我们下班回来，看见我们的皮衣挂在宿舍的衣架上，它们油黑发亮，仿佛获得青春的少年。原来，是图娅用羊尾油给我们的衣服上光了一遍。这个方法被我记住了，后来推广到很漫长的生活里。

好久没有吃饺子了，我们去马鬃山镇吃骆驼肉饺子。那时候，大家改善生活唯一的方式就是去镇上吃饺子。小张开动矿上的皮卡，临下山，图娅跑过来，说她也要去。这天，她穿了身好看的皮袍。我们选了全镇最大的一家饭店，点了三斤饺子、三斤把羊肉、三瓶啤酒。所谓镇，其实比内地任何一个村庄都小得多。从金塔、瓜州过来的小贩们赶着骆驼和马，驮着货物走过，一个个比这些牲口还要灰头土脸。图娅指着一个方向说，从这里向北，可以去蒙古国的阿尔泰省。秋天已经结束了，四野无垠，大地的苍黄与天空的蔚蓝相接。有一种奇幻的力量，让人手足无措，让人感到什么都不值一提。这个时候，人变得无比渺小和纯粹，没有前生，也没有后世，一切都无所谓。小张说，人要是死了，埋在这地方，挺好。图娅赶紧捂住了他的嘴。

回来的路上，小张把车开得飞快，我们都很轻松，仿佛什么都放下了，所有的快乐与不快都丢在了荒天野地里，这一路是生活的重新开始。图娅坐在副驾上，沙路的坑洼让她的身体充满了弹力，我看见她一路紧紧抓着小张的衣角，怕他飞走了。青春真好，我想起小张说过，图娅十九岁。

过了腊八，吃了节日餐，一些人各奔东西，一些人留下来坚持。所谓"铁打的工队，流水的工人"，一直就是这样。小张应工友召唤，去了日喀则，那里有开不完的铜矿等着新人和技术。行前，他拿来一件东西让交给图娅，是他皮毛一体皮衣的一角。黑漆漆的皮子，白绒绒的里子，一体两面，永远相交又永不相融，像一枚金币的两面。我想起一个有些古老的词：割袍断义。

图娅在春节到来前跟着男友回村结婚了，听说他们后来去了包头开店，主打手扒肉，生意还不错。他们的婚姻说不上幸福，也说不上不幸福。我猜想，至少不会比跟着小张差，风雨飘摇的生活，没有一件事物可以滋润它，最后都是干枯和穿孔。这个世界上，所有命运里，原本没有真正幸福的爱情。

今天早上，我从柜子里翻出那件皮衣，好多年没穿过了，它已霉迹斑斑。我用清水洗了三遍，晾干，打上羊尾油，它又亮丽如初了。穿上它，站在峡河边上，看芦花四散，流水无形，我恍然又是那个三十八岁最靓的仔。

地板记

2018 年秋天，我还在贵州工作。某一天，爱人打来电话，说房子要拆迁了，家里的东西怎么办。她说得很平静，但我知道她心里正乱云飞渡。我半生四方为家，对老家早已没什么留恋，她不一样，家就是她的天下，所有家当都是她的性命。对于一个家和关于它的一切，一个女人的心思和一个皇帝是一样的，几千年来她们和皇帝一样都在忙活着只是规模不同的同件事情，所谓"普天之下莫非王土，率土之滨莫非王臣"。我想了半天，也没想出办法，就回了一句："权当我们前半生一无所有。"

　　一年后拆迁实施，鉴于承包的土地还在，庄稼需要继续供应人的肚皮，主房得以保留，一家人悬着的心终于落了下来。至少，家具和粮食杂物不致暴露于野地。接下来，我们就一直为一件事纠结：房子的修葺问题。1994 年，集全家三年之力，终于建起了这座砖木结构的大瓦房，但所有力气、所有资源都已耗尽，只能匆匆入住，特别是地板，一直是黄泥加石灰夯就的土板地。明日复明日，明日何其多，一住，住到了今天。2020 年春天，我查出尘肺病，医生建议最好去南方生活，空气温润的南方至少能让人少遭些罪。这些年，我一直在谋思去南方的事，对老房子更加无感。它与邻居打了水泥地板、刷了白灰的建筑物形成对比，显得寂寞又凋零。

前天晚上，爱人从洛川打来电话，嘱咐趁着冬闲，把地板收拾收拾。不记得这是她第几次提出这样的要求了，只是这次更加坚决。8月4日，我去县城转武汉参加交流活动。她第二天出门，为防止我的阻拦，她悄然无声穿县城而去。先是在韩城塬上摘花椒，摘了一个月，椒期结束，而老家县城封城，所有人只好异乡作故乡，没办法，她只有带着手指里的椒刺去洛川做果客。至今，老家的政策依然是不论你从哪里回家都要集中隔离，这意味着爱人若是回来，还要禁足十天，一切费用自理。一个经历简单的女人，面对生活和世界远超想象的复杂，束手无策。

我算了一笔账，给房子里里外外铺上水泥地板，物料加人工差不多一万元够了。在我家西边一公里处，有一条溪水，那是村里的水源地。本来政府计划在这儿打一口井，铺上水管，实施入户收费，作为乡村振兴项目之一，但成本太高，就作罢了。在一片平坦地方，有一片芦苇长得特别茂盛。我用手扒了扒，下面全是沙子。沙子金黄，间以细小的云母，闪闪发亮。这都是从上面云母矿冲击下来的石沙，是顶呱呱的好家伙。我粗看了路线，轻施工程，摩托车可以通行，这片沙子，两天可以全部运到家。

给地上铺水泥，并不是最好的选择，当然，它是最经济的方法。另外一个方式是铺木板，铺木板不但住人舒适，而且不用请工匠，我有过铺木板的经历。2005年，在三门峡大坝下面不远的槐扒村，我帮人铺过。那是个夏天，我出门打工的第六年。我们一帮人在黄河边上掏黑煤，狗钻的洞子，优质的煤源，有一天老板喝醉了，指着太阳说："你们好好干，不怕没工钱，日头一升一落，我就有一万元。"在黄河年年冲刷的岸边，形成了断崖似的黄土塄，刀切似的断面上长满了酸枣树。我们在断面上凿出莫高窟般的洞穴，让它成为生活的"家"。

我的同伴是一群重庆人，重庆人打工也讲究，要带家属。有一位同伴结婚不久，为了对得起新人，他要在窑洞里贴壁纸、铺地板。我们帮他从对面平陆集市上买来木板，把工队使用的砂轮机装上锯片，改成电锯。我帮着苦干了三天，先给地上打上木格架子，再在架子上铺木板，最后给木板喷上木漆，一番下来，窑洞焕然一新，不逊于电影里非洲酋长的洞房。窑洞边一棵酸枣树，绿叶如泼，花香盈门。这位同伴十年后去了印尼，赤道下面的夏天让他不得不每天一次次投身于巴里托河。一位曾游戏于嘉陵江和黄河的男人，最后葬身于异国的碧水波涛，也是命数。我猜想黄河边上我亲手铺就的地板窑洞一定还在，酸枣树一定还在。

当然，除了它们，还可以铺红砖地板。红砖地板在西北特别流行，自秦岭向西，红砖如不败的大雪，铺满了所有的庭院。想起来，我也曾是其中的受用者。2010年冬天，在吐鲁番一个无名无姓的铁矿，在我们生活的地窑，红砖地板伴我们度过了难耐的冬天。之所以说这里无名无姓，是因为直到年关大家都拿不到工资，不得不向山下求救，救援的人让报一下地名，我们竟谁也不知道它的名字。那个冬天，我只记住了两件事物：寒冷的大雪，温暖的地砖。那一年冬天，河西走廊落下了绵延千里的大雪，从天水一直铺到乌鲁木齐，矿上的雪深可盈膝，北风刮来，把它们从一个山头移动到另一个山头。下班回来的路上，人已成冰，进了门，地窑里的温暖让人一下就化了。鲜红整洁的砖地，由于吸足了炉火的热量，变得暖和慈悲极了，大家脱掉鞋子，光脚走在地上，甚至不想把脚收回被窝。我们把湿尽的工装脱下来，铺在火炉周围的砖地上，待到下一次上班，它变得干燥又柔和。我们穿上它，欢欢喜喜上班去。

想一想，除了最简单的水泥地板，哪一种都是漫长的工程，比如木板，最大的问题是没有现成的木板，去山上砍树、解板、晾干，怕要到猴年马月，最后可能又是无果而终。算了，还是铺水泥吧。这些天，我开始了基础工程：打地坪。我给坑洼不平的地上浇透水，从外面运来黄土，铺上去，再泼上水，把它们夯实、整平。这样一来，将来的水泥工程要简省得多，也有效得多。家里有两只多年没用过的竹筐，已经积满了灰尘。我把它们捆扎在摩托车后座两边，变成两只边箱，正好驮沙子用，一趟可以承载二百斤沙石。在一部尼泊尔电影里，我看到有人在丛林里用这样的方法运输木头，效果不错，我一定也可以。

我计划着工期，待爱人回来，这浩大的工程正好完工。我要给她一个惊喜，这惊喜要比二十五年前，一位女子收到一盒将要过期的槐花月饼美好得多。

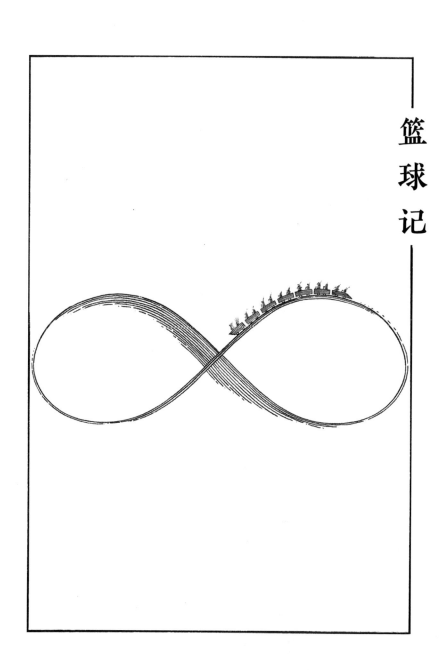

篮球记

自从查出高血糖后，医生嘱咐我一定要多锻炼身体。他说，血糖问题是医生发现的，但大都是患者自己治好的，又随口列出一堆事例。我是个宅人，怕动，既然此病无药医，那也只有动起来了。想起来家里曾有一只篮球，东找西寻，把它从床底下灰头土脸翻了出来。

　　很多年没打过球了，动作起来，感觉当年的功夫还在，拍打、运球，收放闪腾都还在线。打球的功夫之一是粘球，粘不住球一切都是花架子，容易被对方夺了去，等于帮助了敌人。没有人跟我打，我就跟我家房子的墙壁打，把它想象成同伙或敌人。墙壁似乎也有灵性，你诚实它也诚实，你狡猾它也狡猾，给它多少力度还以多少力度，常打得半斤八两。

　　晴天还好，就在院子里扑腾。丹凤县城北山这边，没有起院墙的习惯，天地有多宽大，院子就有多宽大，不像县城南边平川地带，家家扎着高墙深垒。北山多是外迁者，县城多是土著，生活不同，心理不同，文化也不同。关于这方面，要说起来学问可多了深了，说来话长，谁也说不清，不去说它。三年前本地搞移民搬迁运动，把我家两间厦房扒了，所谓退房还耕，院子就更宽敞了。爱人在四周种了玉米、豆角、西红柿、辣椒，姹紫嫣红，围一圈高高低低的篱笆。

但秋天总是多雨，下起来没完没了，手机天天都收到气象信息，蓝色橙色预警，让人生烦。院子是泥巴地，下了雨，一地水，泥泞得脚都下不去。好在我家还有檐廊，一米五宽，十几米长，且搪了水泥，光滑平整，打起球来也很实用。檐廊一般用来临时堆放杂物，供晒太阳和纳凉，一堆人坐在那里看景吹壳子。如今万径人踪灭的农村，也没人吹壳子了，我把它打扫得干干净净的，一场球下来，身上也干干净净的，坏处是檐廊与院子有一个一米多的落差，球总是往下边逃，活动起来，也向我的技术与耐心发出了考验。为了减少下去捡球的麻烦，就得全神贯注，拿捏得死死的。

峡河小学有一个篮球场，四根铁柱撑起玻璃板的篮球架，崭新的，没有了学生，空置在那里，风吹雨打，让人可怜。如今是村委会住着，每天一两个人办公，其实也没有实际的内容要办，就是完成形式，空空荡荡的。我有时想着把球带下去打，想想又不现实，一者是有两公里的山路，上下都挺累人，如今的身体吃不消了，二者根本没有人玩，老头老太留守，家家户户关门上锁，人们不是上山就是下地，再无一户有青年。

我在读小学时，峡河小学的操场还很小，就是向着河边倾斜的一面小土坡，布满了大大小小的石头和顽强的小草。我们在上面上早操和体育课，跳远、跳高、疯癫，完成体育的基础启蒙。那时候谁也没见过篮球，甚至从来没有听说过它，直到六年级最后一学期快小学毕业时，有一位同学带来了一只，让所有人饱了眼福，实现了毫无基础的运动欲望。这位同学的父亲在西北某荒原上做石油工人，他只是在奶奶家暂时寄读，随着小学毕业，他随父亲又回到了油田，那只篮球也随他离开了。我和几位同学曾试图把这只篮球留下来，用了很多方法，用一串柿饼交换，用偷的方法，都没有成功。这只篮球像一把锋利无比的小刀，在我们少年的心上划了一道口子，滴血多年。

我在闲鱼上淘来的摩托车，有一个自带的储物箱，正好可以放一只篮球，上顶天下接地，摩托车跑起来，它在里面老老实实，一点也不撒野。出去跑山时，我就走哪儿带哪儿。现在的乡村公路都是水泥路了，虽然有一些路段破破烂烂，但大部分是完整的，篮球因此有了扬眉吐气之地。我最常跑的地方是峡官公路西界岭段，那是中国最寂寞的跨省公路吧，自从建成后，基本就没有车跑过。十几年前，有人办理了跨省大巴证照，准备搞长途客运业务，经过合伙人详细考察，直接又息了鼓。

西界岭一面是峡河，一面是河南省的官坡镇，海拔多少，我也不清楚，清楚的是这里的季节比山的两脚慢了一拍，七八月间，还开着三四月间的漫山野花。峡河就是从岭腰发源的，一路西下，捡捡拾拾，到了武关，就成了大河，被丹江招了安。在通公路之前，一条小路连接着两省，也连着青年们与灵宝金矿的热度，倒是通了公路，反倒冷落了，因为西边的峦庄至洛南的公路开通了，没人愿意舍近求远。峡官公路的开通，说起来也有我的一份汗水。十九岁那年，高中毕业不久，我们从夏天干到秋天，饭量从每顿一碗玉米粥涨到一顿一斤面粉的大馒头。

两省交界的岭头，正好是一片平整的地方，可能为了会车方便，也可能为表明各自的友好大方，显示对两地交通事的热情，修得更宽敞一些，质量更好一些。挨河南地界那儿有一丛桃树，异常茁壮，记得很多年前就在。春天的时候，山下的桃梨都开败了，它才开放，红艳艳的，粉粉嫩嫩，寂寞又热烈，花瓣撒在两省，香气在两省飘荡，让人看了又舒心又难过。岭头边上一座破败失修的小庙，多少年没了香火，情景正应了那句古诗：人间四月芳菲尽，山寺桃花始盛开。

摩托车熄了火，天地间满满当当又空空荡荡，只有一个人一只篮球是活物。我一会儿把篮球拍打到河南，一会儿把篮球拍回陕西。天上的云，空中的风，也一会儿陕西，一会儿河南，游荡往复。没有界限的世界是多好的世界啊！

打得累了，我就坐在水泥界桩上歇一会儿，只有风和云从不消停，还有各类鸟儿和飞虫，不知疲倦地跨省嬉戏、鸣叫。抬起头，可以看见两边遥远的人烟，房子是一样的，炊烟也是一样的，寂寥也是一样的，庄稼也是相同的玉米和高粱豆类，只有鸡鸣狗叫稍有区别，我能听出其中的方言味道。

岭那边山脚下有一个放羊人，说老不老，说年轻也不年轻了，赶着十几只脏兮兮的羊。和他一样，羊们有时没精打采有时活力四放，但也许是草广而鲜，倒是个个圆乎乎的。他们有时上岭来，有时不来，水泥地上的羊粪粒儿新新旧旧，报告着他们的踪迹。他上来的时候，也喜欢拍打一会儿篮球，还玩得有模有样，胯下运球，背打，一点不怵。人生易老，但谁的人生还没个篮球少年呢？

羊群啃着两省的草和树叶子，散落在岭前岭后。我们没天没地地聊起来，话题远远近近，没边没际。他说自己曾在乡剧团待过好几年，唱花脸的，为证明不是假话，还会唱一嗓子。河南人的图腾是包龙图，不仅在戏曲里，生活里也一样。他唱起来的时候，把自己就忘了，山也忘了景也忘了，羊群也忘了，人整个就是铁面的包拯，眼对的都是贪官污吏不平事。唱罢了，一拍头，问我："我的羊呢？"我也入了迷，忘了羊群跑多远了。

我有时想，人心里装着戏曲是多么好的事情，有了它，一辈子少了多少孤独寂寞，多了多少应对日子的底气。这也正好解释了为什么一些戏曲在民间长盛不衰。它唱大苦大悲、大喜大乐，唱历史也唱今天，唱先人更唱自己。

有一次，他对我说起了他的侄女，他说他侄女也喜欢打篮球，是校篮球队的队长，英姿飒爽美少女。因为身体有底子，高中毕业就进了县剧团，专攻包拯的角。他们村出唱戏的，像有的村出铁匠，有的村出竹匠，有的村出做小买卖的生意人。谁也说不清缘由，世上事很多没有缘由，也没有逻辑。三年时间，侄女成了团里的台柱子。县剧团除了下乡送戏，也经常出县会演，会演说白了就是行业比赛，好戏和角儿都是比拼出来的。角儿出了名，自己有成绩，剧团也才能有立身之地，所以剧团很重视会演，对团里的角儿都器重有加。有一年，在洛河那边会演，参演的剧团很多，遍是名角。比拼了八天，他们团最后夺了冠。庆功宴上，有人过来劝酒，本来唱花脸角的也能喝点酒，不像旦角，嗓子就是命，辛辣不敢沾。他侄女就接了一杯酒，回来没几天，嗓子就开始疼，接着一场大感冒，高烧、晕眩，病了半个月，病好了就哑了嗓子。坏了嗓子，就再也唱不了戏了。后来，侄女嫁了个年纪不小的生意人，去了海边，再也没有回来。再后来，县里的剧团也倒闭了，演员们作鸟兽散。我想着是不是同行使坏，传说里满是这样的故事。他说，也不是的，碰巧了，主要是感冒太重了，发烧烧坏了声带。

天晚了，我收了球，发动起摩托车。他下山了，羊群走在前面，像滚动着一只只饱满的篮球，一直滚到影影绰绰的山垭。山垭上，河南的黄昏漫了上来，把一天最后的光辉渐渐吞没了。

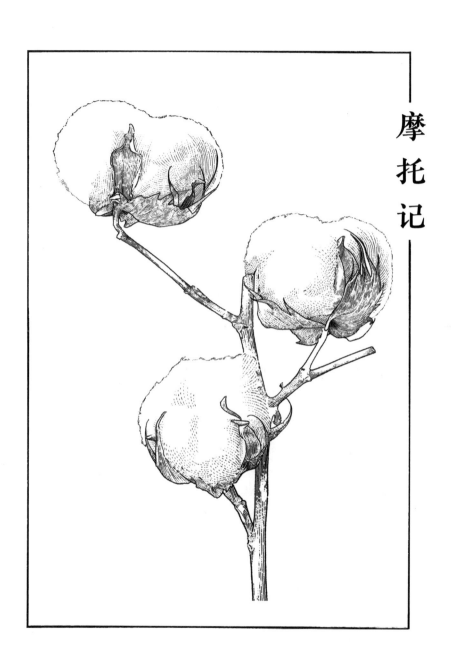

摩托记

1

也记不清哪一年哪一月开始骑摩托车，反正很多年了。到现在，前前后后骑过五辆车。其间，人与车有过很多故事发生，有些直接，有些间接，有些有头，有些有尾，有些无头无尾。

第一次骑的车，是一辆南方125，两冲，屁股冒蓝烟儿的，声音好听，样子也好看。车是借别人的。那时候，大部分人还没有摩托车，哪怕行很远的路，不管携货或轻身，都靠两条腿。那一年冬天，我们全乡在七里荫搞农田建设会战，成立了战时指挥部，以村为单位设点，任务划分到各户名下。任务都很重，工程紧迫，会战了整整一冬，用指挥长王乡长的话说：向上级交一份满分的答卷。那些年，春冬两季都要交答卷。那时，已经有很多人在外面打工，经常被活绊住回不来，有的家庭没劳力，有的男人生病，但办法是有的，那就是出钱，把名下的工程卖了，工程指挥部再把工程任务转卖给有劳力的人家。这样下来，指挥部收入了不少差价钱，任务也有了着落。我就买过一份工程。那年孩子一岁，需要奶粉钱。

离过年还有十多天，大家把名下的工程都完成得差不多了，留在工地上的人和指挥人员差不多人数相等。指挥部贴出公告，其中一条是：三天后再不能交付工程的，视作认罚，已完成的部分无效。这是一道最后通牒，所有人都没有了退路，其实一开始就没有退路。我临时请假带孩子在医院打针，接到通知，借了辆摩托车，往工地赶。虽然是第一次骑摩托车，但在此前我已骑了很多年二八大杠，一上手，驾轻就熟。

我购买的工程是一处填方，把一个小土丘铲掉，把坑填起来。工程术语叫有下有填，是最划算的，奈何下方填方都不小，价就高，给价三百元，那原是某一家人一冬的工程任务。那一天，我把铁锹抡成了风车，把汗流成了溪水。来自河南白桦沟的北风翻山越岭吹着我，出自东山的月亮照着我，到夜里十一点，终于完工了。我在平平坦坦的地上躺了一会儿，汗一点点干下来，身上渐渐变冷，心里无限欣慰：明天，孩子将有一袋桂花奶粉，明年春天，这里将长出一片好庄稼。我发动起摩托车，往回赶，一路风驰电掣。如果是白天，车后会有一条蓝色的漂亮至极的尾巴，但一路夜色把它掩盖掉了。七里荫到家八十里。车翻条岭时，突然前大灯熄了灯光，我尝试了很多方法都无效，是灯泡坏了。此时月亮落下去了，月黑风高，前没村后没店，峡河和桃坪河在岭下交汇，不见其形，但闻其声滔滔不息。少年时，我和村里的同伴们都在两条河里洗过澡，捉过鱼，留下过声音和影子。许多年过去，同伴们星散四方，我对流水也变得有些陌生，甚至产生了恐惧。

好在转向灯还完好，我打起前后闪灯，一路像鬼火闪烁，骑回了家。

2 /

我曾有一辆雅马哈劲虎 150 排量摩托车，它来自甘南合作，具体地说，来自一位藏民青年。

他叫玛旺，据说，这个名字像汉族男人名字中的建华、天明一样广普，寄托着一种美好与兴盛的意思。他是一个牧民，有三十几头牦牛和一百多只羊。这份家当，我不知道在当地算不算有钱人，有钱到什么程度。他有一辆摩托车，雅马哈劲虎 150，黑色的，能跑出百迈的纯进口一代。这在骑马、步行的，以牧为生的高原山地人群里并不多见，它仿佛一件著名的球衣，把他从众多踢球的人里显现出来。我们的认识出于偶然，其实早有必然的成分：我在矿上干活，他放牧牛羊，每天生活在同一片山坡和天空下。他的牦牛喜欢围着我们的工棚打转，拣食厨房丢弃的白菜帮子和别的垃圾。它们更喜欢撕扯工棚的彩条布，一片片撕下来当作美味吃掉。这大概是它们一生里从没见过没吃过的好东西，让它们充满好奇和一尝味道的欲望。而玛旺，他永远躺在山坡上，晒着太阳，眯着眼睛远远看着这些发生。

那一天，我因为上夜班，起床很晚，醒来的时候太阳已经划过了中天，但光辉仍然有力量。我的裤子怎么也找不见，睡前它被搭在外面一根晾衣绳上。矿口虽然很浅，但异常潮湿，到处滴水，每天下班身上都是湿的，粉尘和锑矿的金属腥气让它沉重并充满复杂的味道。我看见地上有一只皮带扣，铜质的，无法嚼烂，我认出它正是我的皮带扣。我猜一定是牦牛把我的裤子吃掉了，此时有几头牦牛在棚前优哉游哉。我一怒之下，拿起一根钎杆，冲向它们，它们不敢对抗我手里的铁棍，四散而逃。我当然要乘胜追击，这些畜牧让人恐惧加讨厌很久了。我把它们追上山坡，又从山坡上追下来，追过一条小河。这时候，一辆摩托车风一样停在我面前，一个彪悍的人，骑一辆彪悍的摩托车。他虽然彪悍，却不敢和我动手，我手里的铁家伙连岩石都要退让三分。事情的结果是他答应赔我一条裤子，并请我到镇上喝酒。这样做的原因是，他说我是一条汉子，他抓住我的手使劲摇晃，说："你们的人里没有汉子，只有你一个。"

这真是一场旷日持久的酒，我们从早上喝到中午，又从中午喝到下午，吃掉了两个牦牛头，外加好几个拼盘，其中的刀什哈好吃极了。刀什哈就是羊肚包石头肉。如果不是他的牛羊还在山上，晚上要赶回圈去，我们还不会散场。他骑着摩托车载着我往回赶，就是那辆雅马哈劲虎。我说："这不是摩托车，这是一只虎。"他说："就是就是，我们是打虎的人，你看，它多听话，它被我们打服了。"我们都大笑起来。

玛旺有一个哥哥在一个小寺庙里出家当喇嘛。那个寺庙在一座小山上，山很小，寺庙一点也不著名。寺庙里的喇嘛也很少，只有三四个人。我不知道他们每天都在干什么，寺里有一个篮球架，单架，可以打半篮的那种。他们每天有一件事就是打篮球，个个身手还不错。玛旺一直有一个愿望，就是希望哥哥还俗。

有一回，玛旺让我一起去看他的哥哥，矿山正好没有炸药停工了，我也想看看喇嘛庙是什么样子，喇嘛们的生活是什么样子，就跟着去了。路程也不远，我俩骑着摩托车几个小时就到了。一路上，玛旺讲了很多哥哥小时候的事，哥哥小时候是个调皮的少年，喜欢打架，打伤过人也被人打伤过。当地的男孩子有出家的传统，有的人家男孩子多，出家当喇嘛的好几个，常常还不在一个寺里做事。我问玛旺为什么希望哥哥还俗。他说："我想出国，牛羊需要人来照管，这可是一份大家当呢，一辈子吃喝都用不完。"我说："为什么要出国，出哪个国？"他说："我也不知道为什么，就想出去看看，这里的山呀水呀人呀都看够了，没有啥好看的了。至于出哪个国，还没有想清楚。"

寺庙很小，但很精致，一间主庙，两间偏庙，围墙和寺庙的墙都涂着红色，不知道是一种土质还是一种颜料所致。我到过很多地方，发现年久失修这个词，唯有放在喇嘛庙是失效的，它们似乎永远庄重、崭新，哪怕是破了，也总是破而不败，像好骨架埋在身体里的人。甘南的太阳除了夜晚，似乎从没被别的东西遮挡过，它照在红墙上，光线变得比照在别处更柔和、饱满。

进了门，喇嘛们在打篮球，同样是大呼小叫，激烈对抗，和所有的球赛场面没什么两样。他们都很年轻，与我想象中的高德大僧相去甚远。他们邀请我和玛旺也加入队伍，这样，正好够正规半篮的人数。

喇嘛不剃光头，留着很短的头发，不像寸头，发型就是头型，个个显得明眸皓齿清清秀秀。我想，在没有推剪的年代，这种头型是怎么做到的呢？

打完了球，他们去洗脸，上厕所里方便。玛旺把一个人拉到一个角落里说话，那个人就是他哥哥。他们头顶上有一棵我不知道叫什么的树，枝叶茂盛。天上的光亮星星点点，漏满了他们的身体。玛旺靠在树干上，两人说话，声音一会儿大，一会儿小，不知道说的是什么内容。玛旺的哥哥个头要低一些，瘦一些，也要年轻一些，可能是体力活少而晒太阳也少的原因。

最后，他们吵了起来，吵得很凶，当然是玛旺更凶。我生怕他们打起来，好在有人过来把他们拉开了。这些人和玛旺彼此熟悉，熟人熟事，也不好说什么。玛旺的哥哥和一个同伴回了上房，他的一个同伴开始做饭。炊烟飘起来，越过房顶，和天空一样蓝。

在路上，我问玛旺，两人说了些什么，为什么说不到一块。玛旺说他哥要做一个高僧。我当然不懂得做到什么程度算一个高僧，怎么做到高僧。我也不好说什么，一路无话。不过，想回来，这两人都是好倔强的人啊，各有各的想法，又都坚持不放弃。人有了想法，就难以调和。如果我是其中任何一个，我就放弃想法了。想法有时真害人，也害自己。

夏天来了。夏天去了。

秋天来了。秋天去了。

日子像行云流水，比行云流水还要顺滑，带来的痕迹，又被自己带走了，什么都留下了，又什么也没有留下。时间没有形状，它的形状是看得见的形状的集合。

我有时骑了玛旺的摩托车去城里办事，有时骑着车上山顶看看风景，有时载着玛旺，有时我一个人。对摩托车来说，载一个人和载两个人，区别就是多一把油少一把油的事。对我们两个来说，车上多一个人少一个人就是话多话少的事。

我们打出了一窝锑矿，纯锑条。它们像一堆崭新的铁条，在一个空洞里，莹光闪烁，堆码在一起，错落有致。这是难得的好家伙，有人干了一辈子也没有碰到过。它很值钱，值钱是听说它可以直接当作工艺品，摆放在有钱人的案头，而见者十人九不识，以为无价。而我们眼里的值钱，是它可以当钞票换东西，比如拳头大一疙瘩能换一条"兰州"。

我用得到的部分给我和玛旺各换来了一条红"兰州"，给劲虎加满了一箱油。玛旺骑着摩托车，来矿口收购了一阵子锑条，拿到市里贩卖，据说挣了不少钱。我不知道锑条有什么用，只知道用火柴头在条子上划一下就可以起火，百发百中。一窝锑条很快就采完了，日子很快又恢复了旧模样。

玛旺的哥哥有时候也回家看看家人，有时候也帮玛旺看一阵子牛羊，依旧穿着宽衣大袖的红袍。他和玛旺在山坡上坐着说话，四周里牛羊吃草、睡觉。他不会骑摩托车，说够了话，玛旺骑着摩托车送他回庙里。

有一天早上，我正在睡懒觉，煮饭师傅喊我，说有人找，我说谁呀，他说老藏。我知道是谁了，起来穿衣服。天真正冷了，衣服穿上身像套了一层铁皮，又冰又硬。我伸头看看远处的山头，有雪了。雪线仿佛五线谱，起伏跌宕，高的部分雪厚一些，低处，雪几乎断绝。

玛旺说："我要走了，最后一回来看你。"我没有说话，不知道说什么，就抱了他一下。这是必然的一刻，只是它比我预想的早了一些。他有些伤感，我反而没有感觉，可能是在心里无数次预演、伤感过了。我说："你等一下，我去请个假。"

我们要了三个肉菜，一打啤酒。天冷了，饭店的生意也清冷下来，食客寥寥。我问："家里都安排好了？"他说："安排好了。"我说："哥哥答应了？"他说："没有，还是要修行。"过了一会儿说，修行就修行吧，修行总比不修行好。我瞎回答，是是，不一定要得正果，但正果路上总要有人。我问牛羊呢？他说大部分卖了。

酒喝结束了，天也黑了，我们都醉了。玛旺说："这一回你带着我，也练练手。"我说行。天空下起了雪，这是今年冬天的第一场雪，我说的是低处的平洼地带，在高山上，不知道下了多少场了。路上，他说："你手艺长进了。"我知道他说的是驾驶技术。我说都是这车给练出来的。他说："正好，它以后就是你的了，本来有人要买，但我不卖，给你留着，你也用得上。"男人活得难，得有一些东西帮你活下去。

我把玛旺送回了家，直接把车骑回了矿上。给他钱，他怎么也不要，我也知道他不会收，但我实在也没有别的东西回赠，对他来说，可能也不需要回赠。

第二天玛旺就走了。先是到兰州，然后到西藏，过了几天，他的电话就没信号了。

一个月后，我们放假了，我把摩托车骑回了家。从陇右翻秦岭到了天水，经宝鸡过西安，一直骑到了峡河，昼伏夜行，用了五天。那时候，我还没有驾驶证，也还不会使用高德导航，走了很多冤枉路。这辆摩托车真是个称职的家伙，再冷再难，都没有把我丢在路上。

关于玛旺后来的情况，我约略知道的梗概如下：他先去了尼泊尔，待了一年，又去了印度，学习了英语，后来去了欧洲，给人当导游。现在还在当导游，当然是大导游了。他喜欢当导游，年轻的时候，给牛羊当导游，成年长大了，给人们当导游。他最成功的，是给自己当导游。而我们，一辈子被别人导游着，往哪里走，往哪里看，身不由己。

我和玛旺很多年没有了联系，也和他的哥哥没有了联系。这样也好，在各自的生活中，轻松一些。

3

从老家到朱阳，三百六十里。那时候，我们常常骑着摩托车在矿山和老家两地往返。

也是一个冬天，我和弟弟骑一辆摩托车去朱阳。朱阳小秦岭金矿，近水楼台，是村里年轻人最重要的打工地。我至今不清楚，为什么我们总是年年在天寒地冻的时间出行打工，想了几回，得出的答案是，春天是青黄不接的季节，冬天要为春天做铺垫，做储备。对一些有朝无夕的人来说，他们身上充满了小动物缺少安全感的相似属性。

车过石门、吊蓬、灵口、犁泥河、小河，最后到达杨寨峪金矿坑口。天真冷，我们一路把衣领翻起来，遮挡风寒。我俩有一双胶皮手套，那是矿山上使用剩下的防护手套，我俩一路轮换着骑行，轮换着使用。冬天没有风景，只有呼呼的风声伴着发动机的轰鸣声一路前行。在翻越西沟岭时，我们把路边的野棉花采摘下来，垫在鞋底，浑身立刻暖和多了。余下的野棉花，被我们带到矿山，做了枕头芯。

那真是世界上最漂亮的野棉花啊。它无边无涯，开满了路旁和山坡，不分地界，同仇敌忾，从陕西翻山越岭，开到河南。打工生涯里，我见过数不清的野棉花，在北疆，在青海，在风沙漫天的毛乌素边缘，夏天它们是花，秋天它们是棉，但西沟岭上的野棉花，是最壮观的、最温暖的。那次之后，我再没有见过如此野性、如此浩荡又如此让人不能释怀的野棉花。

在杨寨九坑，我们一直干到第二年二月。我们的摩托车和工友的摩托车都停放在矿口专门划出的一片空地上，乌泱泱没有边际。一些车上面落了厚厚一层灰尘，一些干干净净的，前者的主人已经在这里工作很久了，后者无疑初来乍到。那些多年无人认领的摩托车，被风吹雨打，锈迹覆盖了面目，轮胎化作腐物，塌陷在地上。它们的主人被死亡认领走了，人车永远两隔。

矿道有九千米深，山体南北成通途。有时候等不到洞里通勤的矿车，有时上班快迟到了，我俩就骑上摩托车进洞去，直奔工作面。头顶一条三百八十伏的高压线，不见尽头，碰上就得"领盒饭"。我俩趴下身子，一路狂奔，为的是夜短梦少一些。收获是，我们上下班路途上的时间大大缩短，我们比伙伴们多了更多的休息时间。当然，危险也无处不在，有太多事故和故事。有一次，两个工友骑摩托车上班，中途碰上矿车出来，双方狭路相逢避无可避，两个人就连摩托车一块贴在石壁上躲避。在交会的一瞬，一个矿斗脱了销，翻斗倾倒过来，两人万幸只受了点轻伤，摩托车没那么幸运，拖拽一路，火花四溅，成了废铁。

过了春节，弟弟开始咳嗽，开始以为是感冒，后来以为是肺炎，到医院拍了片，是尘肺。那一年，他三十六岁。

如今，我也尘肺三年了，我们也都离开矿山日久，居家的生活断绝了经济收入，也断绝了自由和远方，虽然有了大把无处可用的时间，可我们再无骑行四方的力气。

关于石门，关于朱阳，关于小河，关于摩托车，关于命运路途上的风物，我写过很多诗，一些收在了诗集子里，一些化作了时间风尘的一部分。

前些天骑车去石门看望一位朋友，又想起了西沟岭上的野棉花。日月如捐，十多年过去了，不知道它们还在不在，是不是还是那样丰盈浩荡。晚上，写了一首诗《野棉花》。我们一再写下诗歌，无非为纪念和告别。

野棉花的白

不同于任何一种人间的花

它没有香气

但有足够的温暖

冬天的时候

我们把它采回来垫在鞋底

秋天的野棉花

站在野地里

一开一面坡或一道洼地

它那些开过的　不开的同类

已经翻过季节

像那些与世界和解的人

提前获得了安顿

人不能两次踏进
同一条河流
当然也不能两次邂逅
同一片野棉花
同样的事实是　今天看见野棉花的人
是去年那人的旧影

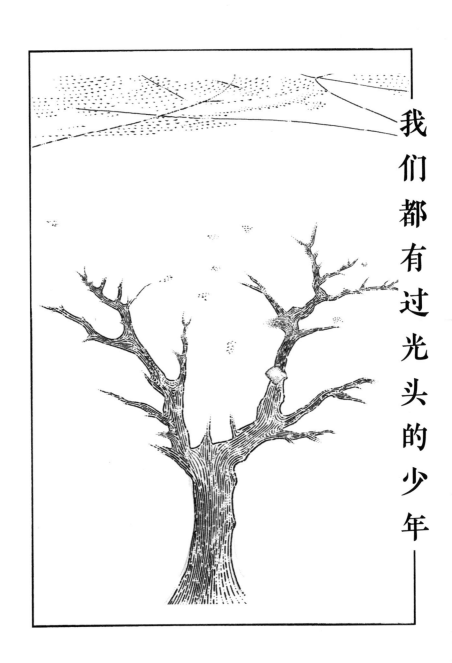

我们都有过光头的少年

又快到过年的时间。

小时候的腊月，是光头遍地的腊月。少年们光着头，呼朋结伴，在冷风里疯癫。那时候的峡河还是可以结冰的河流，而且结得非常厚，非常纯洁，像一河的毛玻璃从河脑一直铺展到望不见尽头的下游。河水拐弯，冰也跟着拐弯，河水直起来，冰也跟着笔直向前，水有了落差，冰就在跌落的水流外面筑起一道门，门也很厚，扔一块石头在上面，咚的一声，再扔一块，又是一声，也不知道其中的哪一块，砸出了一个洞，洞的周围产生大小深浅的裂纹。把头伸进去，里面异常明亮，像一间玻璃房子。第二天再去看，洞已被修补了起来，变得更浑然，里面关了更多的秘密。

"正月不理头，理头死舅舅"，不管有还是没有舅舅，孩子们都要在腊月里理好发，迎接新年。谁也没有见过推子，那是十年二十年后到了灯红酒绿的世界才看得见的东西。一家或五六家有一把剃刀，出自某个好铁匠的好手艺。那时有一位姓刘的铁匠专打刀剪，打出的刀剪很多远走他乡，但脸上没有麻子。剃刀刃薄背厚，一半炫黑一半明亮，俨然一把浓缩版的铡刀。触在脑门上，说不出的冰凉惊悚。刃口都异常锋利，理发的人先从自己头上拔一根头发放在刀刃上，吹一口气，头发立即断了，如果不断，就在大腿的粗布上将刀狠蹭几下。如果头上有疮痂，就会放慢刀速，在疮痂上喷一口热水，刀从另一面迂回过来，痂正好软了，连发带痂一扫而光。刀剃过的疮好得快，问题是会留疤，像受了戒。

理完发的脑袋立即像刮了皮的土豆，两只耳朵竖在两边，让脑袋显得太大或太小，极少有刚刚好的。才理过的脑袋要比脸和脖子白很多，像银勺安装了一只铁把，显得耀眼又怪异。我就想，要是我的头和脸一样白该多好啊！小孩子都知道，脸白的人容易讨到媳妇，可从来没有人能解决这个难题。

有一些人要去山上背柴，因为过年要烧的柴还远远不够，杀年猪，烧年酒，多少柴都不多。一个柴捆压着一颗光头往山下走，让人有一种光头会突然爆裂的担心。不过，这个担心是多余的，从来没有一颗光头被柴捆挤爆，只有一个个柴捆被光头扛回家。背够了柴，去峡河上打闹，那是所有人的乐园。

冰上滚铁环要比土路上好玩得多，主要也没有宽敞些的路面。所以从冰封到冰消，这一直是一个乐此不疲的项目。但铁环的获得并不是一件容易的事，说白了，铁环就是粪桶铁制的箍。冰天雪地，所有的农活基本也消停了，人们全都猫冬为来年攒力气，粪桶都被挂在了厕所墙上。光头们纷纷去卸桶箍。要把箍卸下来而让桶板不散，依然完好地挂在墙上，这是一个难题，好在没有攻不克的难题。最后是，一个冬天，家家厕所墙上都挂着没有了箍的木桶。到了开春种土豆时，一些没有了箍的桶就散了架，板材散落一地。而这样的案件侦破难度极大，冤枉过太多人。

毕竟平静的流水不多，要去找那些平静的冰面需要集体的智慧力量。大家兵分两路，一部分人顺着冰面往下找，找了几里路，找不到，也不敢再往下走了，那是另一个村子的地界，有另一群光头早占了地盘。那儿有一个杂货店，是全村唯一的杂货店，记得到了过年的时候卖糖精，那是蒸甜豆包的专配，两毛钱一包，丢一颗在嘴里，能甜一整天。卖货的是一个女人，大家叫她方姨，她的女儿后来是我们的班长，再后来去了南方，直到方姨死都没有回来。她的一生是一个让人心疼的谜。

一些人往上找，找了几里，终于找到了，是一个大水湾。毕竟是陌生的水域，不知情况，就搬起石头往冰面上砸，如果很容易破出一个洞，就不敢上去玩，要待天再冷一些才行。如果冰面无恙，那就尽管疯。大家最后得出一条经验：水湾冰厚，水直冰薄。它和二十年后我在矿山生涯中得出的经验一模一样：河直无金，河弯金丰。

光头的队伍里，有一个光头特别聪明，但他是一个哑巴。他比我们年龄都要长一些，个头高一些。三四岁的时候，得了一场病，病好了，就不会说话了。不会说话，但还听得见声音，什么都懂。哑而不聋是哑里的少数，像刚而不折的人一样少见。

除了铁环项目，还有一项比赛是往打儿窝里扔石头。在水湾对面的山崖上，有一个石头窝子，村里人叫它打儿窝。据说谁家想要生孩子，就用石头往石窝子里扔，以三块石头为卜，三块石头都落在了窝子里，就能生男孩，落两块能生女孩，其余什么也生不了，非常灵验。石窝子高极了，要仰着头扔。哑巴力气好，扔得准，石块像燕子一样飞上去，稳稳落在里面，没有掉下来的。扔不准的人不服气，扔了又扔，一冬天下来，石窝子再没有可盛石头的地方。哑巴想了个办法，将几根竹竿捆接在一起，把窝口的石头捅下来，有了空间，再接着扔。最后，我们都有了百发百中的好手艺，每个人都有了一群遥远的儿子和女儿。

后来有一年，峡河发了大水，哑巴和他爹去放排，给生产队放坑木。那时候峡河还没有像样的公路，只有一辆突突冒烟的拖拉机，拉起货来像蜗牛一样慢，拉个活，基本靠不上，也没人愿意依靠它，夏天的时候就放排。峡河两边山上没有别的，都是青冈树，是山外煤矿做坑木的好材料。那时候峡河大集体唯一的集体经济就是卖坑木，当然，因为交通不好，不能及时交货或别的，也被坑得不轻。

哑巴和他爹放了两千根坑木，自放排以来，这是最狠的一次。神龙见首不见尾，浩浩荡荡，哑巴打头，他爹断后，和说书里杨广下江南一样威武。谁知木排行到半路突然下起了大雨，河越走越宽，流越走越急，木排在水里成了一根荡漾的树枝。本来目的地是武关，计划在与丹江汇合前收排上岸。可想而知的情况是想收已收不住了，木排跟着大河轰轰烈烈进了丹江，汇合了许多条河的丹江势如破竹，向长江奔去。哑巴他爹跳排上了岸，在岸上仰天号啕。哑巴一个人驾着木排顺江而下，想上岸，已是不可的事，也许他根本就没打算下来。

得到消息，队长很生气："这可是好几千的损失，你看怎么办？"哑巴他爹也很生气："我儿子都没了，还说你的损失。"就在所有人都认为人排俱失的时候，几天后，哑巴回来了，还带回来了一大包钱。原来木排到了老河口，水变得平静下来，哑巴把木排撑到了岸边，正好那边一家煤矿也缺坑木，正急得无措，很高兴地成了交。

光头们后来都长大了，也都不再光头。一部分出山去上中学、大学，寻找世间的荣华，一部分辍学出门打工，到了四川、广东、福建，到了他们从来没有听说过名字的城市和山川。哑巴也长大成人，娶了媳妇，1998 年，跟一群人到罗敷峪给人开铁矿，再也没有回来。有人说埋在了矿洞里，有人说随老板出了国，到了澳大利亚，南方某港口每年卸下的大量矿石就有他们开采的一部分。多少年后，我无数次经过罗敷峪去往潼关、河南和山西，有一回车上一个人指着一条沟说，这条沟里出过铁矿。陡峭的公路早已荒废，山洪淘尽了路基和曾经的繁华，只有三两棵杏花往山深处逶迤开放，一天空的云彩，又白又凌乱，像无人采收的棉花。

就在前几天，有一位邻居家孩子结婚，因为疫情而留守的少年时的光头们，又聚在了一起。只是大都由剃刀削剃的光头变成岁月削剃的光头，头还是那些头，面目和内容已不可同日而语。推杯换盏中，我问一个发小，还记得哑巴吗？他深吸一口浓烟，想了想，说，哎呀，不记得了！

峦庄镇的白毛

峦庄镇是个很有些光阴的小镇子，在丹凤县建制之前它就有些名声了。1961年丹凤以水旱码头龙驹寨为中心划县，峦庄被划为辖下的区，有些人心里很不能接受，说，哪有儿子管老子的。在此之前，峦庄镇也不叫峦庄镇，叫兴隆镇，当然，它从来也没有兴隆过。

　　峡河地界距峦庄镇三十里，隔着一道高岭，岭高且峻，在交通不发达的年代，两地互视为外人，结为亲戚的有，老死不相往来的居多些。不过，峡河水和峦庄河水一点也不见外，它们在一个叫汪坪的地方相汇，浩浩荡荡一条心奔去武关河，最后成为长江不值一提的一部分。那热情，大有相见恨晚之意。有时候峡河发洪水，有时候峦庄河发洪水，有时候二者同时发洪水，无论哪一家先发后发或同时发，相汇之处，从来也不泾渭分明。倒是每年七八月间从丹江洄游上来的鲈鱼，有一部分洄游到峡河，有一部分洄游到峦庄河，很少有改弦易辙的，它们把路认得又清白又坚定。

　　我第一次到峦庄镇，十岁，参加全区小学数学抽尖赛。没有老师带，自己去。从家走时，脚上的布鞋有些荒了，待走到峦庄镇上，脚指头就伸了出来，伸出来不要紧，但它伸得比鞋底还长，不住往外窥探，像要见世面似的。那一回考得不好不坏，回到学校，老师没有批评，也没有表扬。我后来的人生差不多也是这样，没有丢过脸，也没有争过多少气。

临行时，班主任老师给了我五毛钱，让在街上买饭吃，吃饱饭好好考。我从来没见过五毛钱，只见过一毛两毛的票子，觉得它很沉重很庄重。我计划把它收藏起来，一个有五毛钱的孩子可不是一般的孩子，有五毛钱的大人也不是遍地都是。但考完了试，到底顶不住饿，只有去买饭。峦庄街很小，只有一条街筒子，有一些弯曲，街头看不到街尾，让人错觉它无限长。房子一律很矮，伸手能摸到檐口。檐口的瓦片参差不齐，新旧不一，房坡上长着瓦松。街上饭店有好几家，卖的是炖红白萝卜汤，汤里有一点荤腥。一种极浅的黑陶碗，底上有一个白圈。后来我才知道，峦庄自来自产碗盆陶器，有窑口。我在两家饭店各吃了一碗，感觉一家比一家好吃，花掉了一毛钱，还想吃，摸摸肚子，感觉可以顶回家了。

走到街东头，看见一个老头坐在柴窗里吃面叶儿。那柴窗，和许多年后在电视剧《水浒传》里看到的潘金莲家的窗子一模一样，由下向上揭开，用一根竹棍支撑着，窗框上雕着缠枝莲花，风剥雨蚀，早模糊了年代。老头夹起一片面叶儿，在辣椒碗里蘸一下，雪白的面叶儿就变得通红通红的，然后放进嘴里，他从不嚼，舌头一卷就下去了。我从来没见过这么高级又从容的吃法。那一刻，它成为我这辈子发誓奋斗的目标之一。

两年后，我到镇上读初中。

白毛家就在峦庄街道。白毛是同学们给起的绰号，大名白伟。同学们每人都有一个绰号，男女皆然。绰号比名字有特点，更容易记住。有的取于神，有的取于形，有的莫名其妙，没有道理，又似有无限道理。这些绰号有一些如影随形伴主人一辈子，摘不下来。白毛的绰号一方面是姓白，另一方面是头上有白发，少年白，黑白均匀得像好匠人的一手细活。他爹有病，干不了重活，偏偏他家人口多，有很多地要种。星期天，白毛让我帮他种地。我本来不想帮他种地，但在他家能吃饱饭，又用不着跑三十里路回家，就帮他种地。

地在一个河湾里，秋天是玉米，春天是小麦。掰玉米最苦，我和他个子都不够，掰玉米棒子要努力踮起脚。那时候有一种玉米叫金皇后，确实长得像皇后一样富态，又大又饱满，煮出的粥别有味道和色泽。玉米秆像起义的队伍，有风没风都在喊杀，玉米叶子像大刀，专照人的脖子下手。我俩的脖子满是血印儿，疼得不敢碰，可偏偏汗水总是往里面浸蚀。

劳动结束后的吃饭，是最欢快的事。白毛他爹会擀面，用一根鸡蛋粗的面杖把面张擀得又匀又薄，切出棱形或三角形。灶台上坐着三口锅，大号的叫筒子锅，特别深，家里人多时就用它煮饭。一半面叶儿，一半莲花白菜，两白相加，饭就显得更加清白，上面撒一把葱花，白中有绿，但没有油水。他家院里有一盘石磨，磨盘上面坐着两扇磨扇，正好用来当桌凳。白毛一碗，我一碗，白毛两碗，我两碗，我们你追我赶，吃到第五碗，还能吃点，但锅见了底。

峦庄街靠山的那一面街后，有一个人工蓄水池，人们叫它涝池。涝池不算大，长宽大概各有十丈，但深，因为是引自峦庄河的活水，特别清透，水蓄满了，像一块巨大的蓝玻璃。涝池是用来蓄水发电的，每晚发两个小时电，供机关单位用，其余都是煤油灯或黑灯瞎火。峦庄镇直到1990年才通上电，涝池一直存在到 1990 年。

夏天，涝池是人们的乐园。

都说女人是属水的，其实男人才是。春天还没有结束，夏天还在路上，还刮着冷风，如果是下雨，雨里还夹着几粒雪粒，男人们就开始下水了。那时候没有快乐，玩水是男人最大的快乐。涝池里漂满了白花花的身子，有的浮泳，有的下潜，有的两手扒着池边的石缝，享受着随波荡漾的舒坦，像死鱼。孩子们最爱做的项目是，背上背一块石头，一个猛子扎下去，看谁再露头时距离最远，谁最后露头。白毛的水下功夫最好，在水下半天不出来，在大家都以为他被淹死的时候，他突然冒出来，背上又多了一块石头。

虾米有一件白衬衣，又白又好看，让他更像一个少年。他爹那时往长沙倒腾天麻，一趟能挣好多钱。有一天，天快黑了，我们穿起衣服往回走，虾米的白衬衫被一阵风吹到了池里，偏偏这时开闸放水发电，白衬衫一下就卷进了下水口。我们急忙冲进机房时，白衬衫已被卷进了叶轮里，被撕成了布条和碎片。虾米哭了起来，哭不是怕他爹揍他，是没法进学校了，他只有这一件衣服，而要回家取衣服，还远。

白毛说："你们等着，我有办法。"过了一阵，白毛怀里揣着一件衣服来了，是一件白衬衫，只是更白、更精美，我猜它是叫的确良的料子。我们进了学校上自习。

第二天早上，白毛没来上课，到中午，还没有来。我猜他一定是感冒了，就去看他。到了白毛家，他爹下地了，其余的人都忙着自己的事，他妹妹和他妈我几乎没听见过开口说话，像影子。他趴在床上，一声不吭，我问怎么了，他不说话。原来他拿给虾米的白衬衣是他哥哥的，那是他未来嫂子给他哥的相亲礼物，这天早上正好又要与女方家人见面，要穿，但衣服翻箱倒柜找不到了。这时候他爹从地里回来了，掀开被子看了看白毛肿胀的屁股，说："唉，我下手重了。"白毛赶忙说："不重，不重。"我说："我去把衣服要回来，虾米家不缺衣服。"白毛他爹摆摆手，说："算了，送人不悔。"

1990 年，再造山川秀美大西北运动发起，按上面的规划，峦庄镇所有的老房子扒掉，各家在原地基上盖楼房。历史将翻开新的页面，作为一方门面的小镇自然不能落伍。但大多数人怨声载道，不是不想住楼房，是没钱盖。当然，也有有钱的人家，小洋楼雨后竹笋一样冒了出来。一时间，峦庄街像丰歉不一的庄稼地，高的高，低的低，肥的肥，瘦的瘦，喜的喜，愁的愁。

白毛对他爹和他哥说："在家看好老房子，我出去挣钱，回来盖三层，我一层，你们各一层。"他哥的亲事到底黄了，日月飞奔，哥哥到这时成了一个老光棍，早没了过新日子的心劲。

第一站，白毛到了格尔木。这时候，打工的人群候鸟一样都往南飞，深圳、广州、海南，最不行也过了长江。白毛之所以往西北到格尔木，是因为有一个表哥转业安家到了那儿，是一个不算太小的官。到了格尔木，白毛才发现，表哥的日子也不好过，离了婚，房子也没有，更主要的，那地方比峦庄镇冷多了，风沙漫天。表哥把他介绍到菜市场，给一个老板挑土豆装库发库。白毛一边收货发货，一边想家，可想归想，不能回去，钱还没挣到呢。

装了一个月土豆，白毛挣了百十元钱，心想着装土豆终不是办法，就想着跑路，往哪儿跑？心里没底，睁着眼，天地茫茫，条条路通天边，却没有一条能通向自己。有一天，白毛到一个路边摊吃羊杂，这时，已经是秋天了，西北高原的秋天来得更早，人人嘴里呼吸着白雾。羊杂锅里也升腾着白雾，那雾气在空中飘啊飘，不知道该往哪儿去，一阵从北来的风，把它接走了。北面是祁连山，达坂山脉在那里高耸、绵延。远远看去，山上不见树木，只有乱云。山顶的云和天上的云搅在一起，有时静止，有时飞渡。白毛想起了老家峦庄河上的雾，常常也是这样，河面的雾和山上的雾总是搅和着，分明又不分明。他有些好奇，就随口问旁边的一个人："那山上，怕是从来没人到过吧？"旁边的人看看他，说："毬，谁说的，我就在那山上干活。"又说："那山上挣钱的人多了。"白毛问："山上挣钱？挣啥钱？"那人说："金子，挖金子！"原来，那人是个包工头，这天正好下山办材料，也顺便来吃一碗羊杂。白毛说："能不能带上我，我能吃苦。"那人说："行！"

这是一个规模很小的矿区，其实也不是矿区，叫选厂更准确些，根本不开采矿石。这是一帮乌合之众，以四川人为主。两年前，几个冒险的人来到这座山上，发现了一个废弃的尾矿坝。也不知哪年哪月，这里建起了一座金矿，一个选厂，经过很多年的开采和选炼，资源枯竭了，废弃了，把一个选矿的尾矿坝留了下来。当然，尾矿坝本就是用来废弃的，日深月久，尾矿坝早被荒草掩盖。这几个人是行内的人，他们抓了些坝里的矿泥去化验，结果品位有好几个金，这说明当年的选矿技术是多么粗糙，当年矿石的品位是多么丰富。尾矿坝很大，占了半条沟。把这些尾泥再提炼一遍，就发财了。

这里没有电，路也仅通四驱的吉普，大型设备没法投入。这些人就买来了十几个罐罐机，一台机器一次只能选几百斤尾泥，但好处是不糟蹋原料，所有元素一网打尽，金银铜铅一个也跑不掉。

白毛什么技术也没有，清机斗，卜药料，开发电机的好活都轮不着他，他的工作是从尾坝里捞矿泥。捞，就是坑里已见水，而且水还很深，要用一台水泵边干活边抽水。尾泥有个特点，就是越到深处品位越高，因为金属身重，喜欢往下沉。泥坑已有十几米深了，白毛发现一层一层尾泥形成的截面，简直就是一本丰富的大书，一页一个颜色，一页一样内容，一页也是一段日月。当年，那些矿山的日月，那些丰歉与兴衰全在这些册页里了。

白毛在格尔木矿上的那段时间，我在家里放牛。家里有五头牛，我每天早晨赶上山，近中午回来，下午再赶上山，太阳落下时再赶回来，割草，垫圈，循环往复，无穷无尽。有时候也想学着白毛出去挣钱，可不知道哪里能挣到钱，用什么方法挣钱。

这时候，峦庄街如火如荼的建设已近尾声。有钱的，没钱的，小洋楼都盖起来了，各类商铺也开起来了。街上开始出现一些闲汉，敲钉打拐，专欺负乡下来的人。有人穿起制服，专给乡下来的自行车砸钢印，四十元一辆；有人在桥上拦截上学的孩子，每人五元保护费。

白毛家的房基一直空着，左右的新房已经竖了起来，远远看着，俨然一个城墙上的豁口，或者一口好牙少了一颗。白毛他爹带着大儿子开了一个面馆，但手工面那时候还没有市场，生意半死半活，盖楼只能是梦中的事。那是个人人都会动手的年代，手工的东西没人稀罕。

那个吃面叶儿的老头家也盖起了三层小楼。我再也没见过他临窗吃面的情景。面还在，吃面的人走了。

我有些想白毛了，有时候还特别想。之所以想他，实在也是无人可想，没有利益，也没有太深的情谊，但有个人想，总比没人想好点。我们都处在孤独的生活孤独的年龄里。这时候还没有手机，连大哥大也没有见过，与远方的联系方式主要是写信，和白毛通过两回信之后，信也没有了。我知道，他比我更不方便，更心无旁骛。

白毛在格尔木的山上干了一年零三个月，上山时是秋天，下山已经是第二年冬天了。本来还想干，但没活干了，那帮人不干了，他们带着钱，带着队伍上了新疆，干更大的事情去了。

峦庄街在2014年之前只有一条街道，虽然几经变化，也只是向空间上增加了一些内容。相比较，倒是穿境而过的峦庄河不安分得多，除了三十年河东，四十年河西，几经自立门户，最后是河水渐渐由清变浊，水面铺满了水藻，河边再没有洗衣的女人，鲈鱼再也没有从丹江洄游过。

2014年，来了一帮工程队，在河湾开石破土，拉网似的建起了三条街道。一千多户乡下或外地人迁了进来。城镇化像一阵风，吹绿了一河两岸。

在峦庄镇发生这些天翻地覆变化的时候，白毛只身到了刚果，彻底成为班图语系之国的一部分。那一年，他离开格尔木后，跟人到过西藏、尼泊尔、印度，五行八作都上过手。如今，他在布拉柴维尔娶妻生子，安营扎寨。大西洋的暖风和扎伊尔河的涛声每天穿过他的晚景。

他家的小楼到底没有建起来，地基卖给了邻居，那是镇上最后建起的一栋楼，共五层。如今是一家农家特色饭店，主打手工面，生意好得不得了。都不愿意动手的年代，手工重又回到手工的价值，但并非世事的轮回。

他的妹妹嫁到了南方，父母和哥哥因病都作了古，他已没有了牵挂。就是说，峦庄镇再也没有白毛，白毛也再也没有峦庄镇，像彻底破裂的婚姻，一拍两散。

现在，每个星期我都会去峦庄镇寄收一次快递。在经过石拱质地的峦庄桥时，我都会停留一阵，看流水穿镇而过，消失在天地尽头，看见两个少年，打打闹闹从桥上走过，在热兵器时代，共同崇拜手持冷兵器的英雄……

弾弓

1/

1981 年峡河这地方还没有汽车，因而也没有可做弹弓皮筋的汽车内胎，但弹弓我见过。那是一把有力的弹弓，可以百步穿杨。天上一只乌鸦正飞着，突然一颗石子嗖地飞上去，奋飞的乌鸦与疾驰的石子撞个正着，乌鸦一头栽下天空。

弹弓的主人叫瓶子，这个名字让人时刻有一种他会随时破碎的担忧，但他至今大半生的经历证明这个担忧是多么杞人忧天。他算我家一个远房亲戚，其实远房亲戚也算不上，巧的是他与我外公家同姓，他以我外公本家自居，不算亲戚都不行。那时候，他正跟着一帮人学手艺，那是一个走乡串户的魔术团。村里人不叫它魔术团，叫耍把式的，因为他们个个都有一项或几项非凡的本领，比如有一个项目叫胸口碎大石，一块几百斤的大石压上一个汉子胸口，上面站立四个人，做出各种动作，承受者没事，再抡起大锤猛砸，石头碎成八块人也没事。

瓶子那时十二岁，因为从小家里缺吃的，个子没长起来，更像个孩子，可他学的技艺可不是孩子干得了的，偏偏他又学得那么好，这大概就叫老天赏饭吃。他的技艺是弹弓打烟头，一个人叼一支点燃的香烟站立在三十米开外，他一颗石子打过去，烟立即熄了火，再点，再打，直到只余一截烟把儿。我问他怎么练出来的，他说晚上打香头。我在之前读到的武侠小说里见过这个情节，以为是小说家蒙人的，想不到真有。我又问他失没失过手。他说失过，有一回把叼烟的搭档嘴唇打出了血，害得人好几天没法张口吃饭。在团里，瓶子的弹弓技艺打得出神入化，还打出了各种花式，比如反背式，他背朝着烟头方向站定，张弓拉弦，突然一个转身，在转身的瞬间石子闪电般射出，不偏不倚，惊出观众一身冷汗。他的节目成了头牌，逢场必出。出名的结果是被抹去了真名，人们干脆以弹弓代之。团长说："弹弓，该你上场了。"他应声上了场。观众喊："弹弓怎么还不上来？"他答一声："来了！"

我仔细观察过他的弹弓，弓架也不特别，就是由一个黄蜡木的树杈修整而成的。黄蜡木唯一的特点就是木质硬，不变形，如果用来烧火，一根柴能蒸熟一锅馍。弓架中间 V 形的那个点，算是准星，但皮筋特别厚，特别长，有半寸宽，两条皮筋叠一块，像一对孪生兄弟，分不出谁是谁。他说，这就是奥妙所在，力道要相等，才不会偏。我问是什么皮筋，他说是汽车内胎裁剪的。我立即想到飞驰的汽车，拉那么重的货，爬那么陡的坡，过那么多的坑都不会爆胎，那内胎弹性该有多好。我甚至幻想一辆汽车摔下山崖，碎成八块，车主不要了，我们把内胎扒下来，做成了一堆弹弓，人手一只。但这样的梦想哪里去实现？

魔术团走南闯北，我和瓶子很难相见，不知道他去了哪些地方，又长了什么本领。我从小学四年级读到初中毕业，也没见过他回来，也许他回来过，但没有来找我玩。学校操场边有两棵柏树，枝繁叶茂，里面藏着数不清的鸟，不是一种，是很多种，奇怪的是它们很和睦，很少打架。我想，要是有一只弹弓，一粒石子打进去，一定会打下来好几只，用火烤了吃，该有多香啊！

2/

瓶子回来时，我高中都毕业了。他之所以回来，是因为魔术团倒闭解散了。天下没有不散的筵席，魔术对人们不再有吸引力，取而代之的是各地兴起的 VCD 放映，那些武打的、三级的港台片子比魔术好看多了。三十年河东，四十年河西，风水轮流转，兴衰更易，这是没有办法的事情。瓶子一身的本事再也无用武之地，待在家里天天生闷气。我也生闷气，高中毕业了，找不到事干，就这样，一生气生了好多年。那是个生闷气的时代，好多人都在生闷气。生闷气不是绝望，里面包含着希望、不服气，比如冬天土地里的草芽、虫子，就在生闷气。

天无绝人之路，我们的机会来了。

他叫于本，但人们都叫他日本。我想一则是他长得像日本人，个头不高，有一嘴连着人中的胡子，表情严肃，另一方面是抗日剧遍地开花，大家好像比关注自己还关注日本人。于本是灵宝人，就是老子骑青牛出函谷关的那个灵宝，古时出过许多人物和故事，近几十年出金矿。于本是一个小队长，偷矿石的小队长，带一队人，昼伏夜出，靠偷矿石过生活。那时间，很多人都在干这个营生，一种营生干的人多了，出了效果，就算正经营生。偷出来的矿石，炼成金子，最后还是卖给了国家，不过是取财之道不同罢了。我有一位小学语文老师的妻姐，人长得好，长得好的女人又有本事，就不得了，语文老师的妻姐正是这样的女人。她在灵宝金矿上和人合伙偷矿石，合伙的人就是于本。于本是大当家，她是二当家，说是压寨夫人也行。几年偷下来，他们都大发了，据说手上有好几十万。那时候有好几十万的人不多。有了钱，就有了身价，命就金贵起来，但又没到金盆洗手的时候，事业正如日中天，于是，要招保镖。我和瓶子年轻，胆大，都有一把使不完的力气，头脑也算灵光。老师向妻姐做了推荐。

我俩第一趟镖是陪于本回家拿钱，但我俩都不知道镖的内容，也不知道怕，觉得轻松又新鲜。要给工人发工资，但从矿上到于本家有点远，于本开着他的吉普车。那会儿我们还不知道的事挺多，比如不知道山上驻扎着数不清的偷矿队伍，像武侠小说里的无数门派，有大有小，有强有弱，但共同点就是狠，有我无你，白刀子进红刀子出。更不知道于本没少和人拼斗，得罪过不少人。于本把一把砍刀放在方向盘下，把两节铁棍递给我俩，说，有人拦车，看我眼色行事。我们这时才知道我们目前以及今后的工作，但没有怕。

于本的家在一条巷子里，是一座三层小洋楼。许多年后，成为这座城市的常客，我才知道这条巷子出了好几个亿万富翁，又过了许多年，他们成为打黑扫恶对象，差不多都进了大牢，被没收了财产，只有那些已经出国定居的，死了的，得以幸免。于本的老婆给我们做了面叶儿，她是个安静又贤惠的女人。得黄河之利的灵宝面粉雪一样白，面叶儿又光又柔，酸菜和辣椒让它升格成了一顿盛宴。我们和于本一家人都吃得呼天嗨地万物浮云，一口铁锅很快见了底。于本的女儿叫琼，她当时读五年级，我从她的作业本上看到了这些。返回矿山经过一所小学时，在一个黑板报上我看到了于本女儿的名字，她得了年级作文第一名。

车返回到西闯岭，就到了我们的大本营。西闯岭像一面扇子展开，条条小山梁组成了扇股，疏密无序形状各异的石头房子层层叠叠，仿佛养蜂人放置的蜂柜，那就是矿工和偷矿人的家。骡队和机器人欢马叫，炊烟被风驱赶着，缥缈、升腾，归于无迹。

3

秦岭上的雪下得早，当然早有早的原因，也有早的道理：山高，气候冷，多雾又多云。向山下看，丘陵和平原相杂的黄河沿岸仍绿绿葱葱，秋庄稼正在收割，收尽的地片和未收的地片像一件破衣服上的不同补丁。

吃过早饭，于本把大家喊到一块，说："已经联系好了，今晚出工，这是一场大活，都不要乱跑，好好睡觉。"又对大家说："今晚由他们两个负责带队，大家放心干活，他俩负责你们的安全。"他说的是我和瓶子。我和瓶子立即挺起胸脯，用壮硕和年轻给大家增加信心。这已不是第一次出工了，只不过前几次我俩只是马弁的角色，跟在于本身边。

大白天的，我俩怎么也睡不着，架子床在我们身下吱吱呀呀，不知道别的屋子里的人是不是也一样。说不紧张是假的，偷矿这活，一场下来，什么情况都有可能发生，它比开矿干活的工作复杂多了，除了护矿一方的强大复杂多变，更有同伙的趁火打劫，防不胜防，而矿洞情况的险恶还在其次。

弹弓起来摆弄他的弹弓。他目前有两只弹弓，一只大一只小，区别仅仅在于射程。自从上山，他平时把它们装在一只挎包里，黑色牛皮的公文包，斯斯文文的，不露声色，像个公务员上下班。他把弹丸放在衣服口袋里，这样方便紧急出手。其实，自从离开魔术团，他已好久没有玩过弹弓了，早已刀兵入库马放南山。他现在使用的是铁弹，五金店里到处有卖铁珠子的。

吃罢晚饭，队伍出发。

天空突然下起了雪，开始时冷风夹着雪花，雪有些身不由己，飘飘洒洒。过一阵风小了，雪大了起来，毕竟还没有到冬天，雪下着化着，大家的头发和外套全湿了。但雪化得没有下得快，地上很快积存起来，草和树叶变得毛茸茸的。上山的路很陡，很急，不停转弯。沿途有大大小小的矿洞，有的亮着灯机器隆隆，有的荒草萋萋。我们要去的洞口在山坡的另一面。白天，这条路上走着骡队和小商贩，骡子的铁掌把路凿出深深的槽沟。我们都不说话，只有呼呼的喘息声。日本走在最后，披一件军大衣，手里拿一件圆头铁锹，它差不多是偷矿主的标配，能防身，能进攻，还能当拐杖。我和瓶子走在最前面，人手一根镐把，木质坚硬，沉甸甸的。三十多人的队伍都是年轻人，垂头无力或跃跃欲试，人人挟着几条编织袋子和一柄小锤子，手电别在腰间。为了隐蔽，都不允许开灯。

矿口的工人下班了，下一班工人上班还要四小时后，这是绝好的机会。矿洞漆黑又静悄。我和瓶子给洞口值班室的两个人扔了两条烟，他们收起来，开始装睡，电炉子映得屋子红红的。他们和我们一样年轻。桌子边靠着两根警棍。

轨道上方是一条小指粗的裸铁电线。大家低着头。踏着枕木急急前行。谁也不敢碰到那根铁线，它有三百八十伏高压电。于本命人推动两只矿车，跟着队伍。它们是洞口下班停下休息的二十多只矿车中的最后两只。整个洞内发出轰轰隆隆的声音。巷道上没有照明灯，大家打开手电。前行中，不时有岔道出现，一律向内延伸着铁轨，道口有红字标志，比如"207""304"等等。走了很远，终于到了一个天井下面。天井像一只举起的巨型炮膛，出口处有灯光隐约。上面有一根大绳垂下来，鸡蛋粗细。于本喊一声："上！"我带头抓住绳子往上爬，脚蹬着井壁上的坑窝和凸起。后面一个接着一个，穿成一串糖葫芦。我想到了小学课本里猴子捞月亮的情景。

爬到天井口，又是一条巷道，和来时的巷道一模一样，不辨南北，向前向后不知通往哪里。于本指着两个人说："你俩留在这里，转运矿石和保护大绳，特别是大绳，那是退路。"两人爽快答应："好！好！"两只矿车留在天井下边。空气越来越沉闷，包含着说不出来的气味，它与外面的空气味道完全不同，但又说不出不同在哪里。若干年后，我成了一位矿工，整日工作生活在地下，才知道它们是由炸药、木头、铁锈、机器、石头混合而成的气味。许多人边走边抽起了烟，烟把沉重的空气冲淡了。

于本喊了一声："停！"大家停住了脚步。他说，到地方了，看上面。顺着他的手电光柱指引，我们看到巷道上面有一个很大的空间，那就是采场，空间是矿石被采掉了形成的。采场有四十度的坡度，人几乎立不住脚，不到一米的高度。大家手脚并用往上爬。采场一两个小时前经过了爆破作业，矿石堆积一地，越靠近墙壁的地方越厚，手电光下，金属发着明晃晃的光泽，像一地萤火，那是硫和铅。硝烟早散尽了，轻烟从矿石堆的缝隙里袅袅升起。大伙分散开，往编织袋里慌慌张张装矿石，用锤子在矿块上敲击，把大块的敲碎，把毛石从矿块上敲下来扔掉。

采场有三根矿柱，呈三足鼎立之势。在巨大压力下，它们不时发出细小的迸裂声，上面的矿石因为裂开掉落，露出新鲜的茬口。随着采场的扩大，这样的矿柱还会增多。大家装满了一袋，再套上一个外袋，扎紧袋口，从采场上滚下去，下面有人再转运到天井下。在这中间，于本只做一件事，那就是不停地喊："快！快快……"

我和瓶子不好意思催大家快，只能干着急，看着他们干疯了，汗流成了水串，还是觉得慢。夜长梦多的道理，没有任何时候比此时更懂，更让人揪心。瓶子把弹弓攥出了汗。

突然，砰的一声，有人打枪。枪声是从巷道的那头发出的，沿着巷道一圈圈放大，接着人声嘈嘈，手电光乱舞。有人来了。

有十几个人，人人手里拿着木棍，有一个人端着一支猎枪。显然，刚才那一声响就是他放的。带头的高个子走到于本跟前，用手电光指着他的脸，说："说好的生意，被你孙子抢了先，今晚必须一人一半。"于本举起铁锨，回说："我买的路，花了钱，凭什么你一半？"拿猎枪的也不说话，走到于本背后，只一枪托，于本就口袋一样倒下了。

我们熄了灯，停了手里的活，看着下边的情况发展。他们摆平了于本，转头往采场上爬，骂骂咧咧。突然，他们中间有人发出了一声惨叫，几个人同时退了下去。是瓶子出手了，他打出的不是独弹，是霰弹，一弹打出的至少有七粒。他们还没有反应过来，又一片铁珠袭过去，几只手电立时就灭了。他们大概从来没有经历过这样的阵仗，这种攻击太有杀伤力了，杀伤于无形。带头的喊一声："快跑！"瞬间就没了人影。

4

于本边啃一只苹果边生气，对我和瓶子说，必须摆平他们，否则这片江湖我们将无立足的颜面。我问："怎么摆平？"他说：

"今晚听我的，跟着我。"我和瓶子说："好！"从于本嘴里我们知道了，那天夜里的那帮人是另一支偷矿队伍，领头人叫方子，他们算不上强大，但也不弱，有二十几号人。女人从里间出来，就是我的老师的妻姐，她有些胖了，依然好看。她说："要不要多带几个人？那家伙不好惹。"于本说："不用。"过了会儿又说："不好惹也得惹，天下没有好吃的饭。"

方子他们住的地方叫天井梁，其实离我们的驻地也不算远。听于本说，那里有一口天井，深不可测，是古人采金留下的，至于哪朝的古人，没有人知道。我们三个到天井梁时，天还不黑，天虽然晴了，却更冷了。风呼呼地刮着，把有些石头房子上的彩条布吹得海浪似的。天井梁上住的人不多，也更纯粹一些，都是偷矿的，因为这里没有矿口，也就没有工人。人们这会儿都躲在屋子里，墙缝和屋顶往外冒着烟，都在烤火或做饭。我们在一个废弃的房子里蹲下来，房子早没了屋顶，不知多久没有住过人了，地上的雪还没有化，看来今年是不会化了。铁打的生活流水的人，人来人去，弦断丝续是再正常不过的事。于本指着一个石头房子说："那就是狗日方子住的屋。"一个小石屋，一面临崖，一面临渊。不是为了一人当关，实在是没有多余的地方。

天慢慢暗下来了，落日像一只油将尽的灯芯，被谁噗的一口吹灭了。

方子也没有反抗，他知道反抗也没有用。屋子里只有他一个人，我们进去的时候，他正在床上看一本书，好像是一本苏联人写的小说，还获过什么奖。这本书我许多年后在喀什的一家书店里又见到过，我把它买了下来，但没法读进去。方子披了件大衣，跟着我们出了门，往最高的梁上走。我们都不说话，说什么都是多余的，彼此心知肚明。到了梁上，梁上的风更大了，也不知道它们往哪边吹，吹得梁上光秃秃的，地上连一片树叶子也没有，小石子都被吹走了，只剩一些吹不到的大石子。两边的远山同样苍茫，无穷无尽。梁上竖着一根电线杆子，早没了电线，杆子经历风吹雨打，残破斑驳，有几个地方露出了钢筋，锈迹漫漶。

于本从屁股后拿出一根绳子，是一根尼龙绳，很结实。说："给我绑了。"我和瓶子七手八脚把方子捆在了电线杆上。方子始终没有挣扎，也没有喊叫，看来，他经历的比我们想象的要多得多。于本给方子点了一支烟，插在他嘴里，说："听天命吧，天要灭你，我也没有办法，天不灭你，该你活。"我们转身下了山。

睡到半夜，我起来撒尿。天上半轮明月，地上一地清辉。我在薄雪上撒下一泡热乎的尿，雪地还以一片图画。回到床上，我看了看瓶子的床，他也该起夜小解了，但床上一片空荡，不知道这小子死哪儿去了。

吃早饭时，还没见瓶子的影子，我有些慌，莫不是昨晚被人绑了票？我问大家，谁见瓶子了？大家说，没见到，昨晚不是和我睡一屋吗。于本说，快吃饭，吃了分头去找人。

近中午的时候，瓶子找到了，他被捆在捆方子的那根电杆子上。几个人轮换着把他背回家，他身子仍是冰凉的，石头一样硬，是冻透了。放到床上，加了两床被子，一会儿又发起了高烧。事情正如我猜测的，睡到半夜，听到风吹过房顶，呼啸不断，瓶子担心方子会被冻死，那毕竟是一条命，人命关天，就悄悄出门去解救方子。倒霉的是，他到梁上的时候，方子的手下也到了，结果方子解了下来，他被绑上了。

三天后，瓶子烧退了，但咳嗽一直不好，从此落下了咳嗽的毛病。于本很生气，说："你帮了我大忙，也坏了我大事，你干不了这行，还是回去干点别的吧。"除了工资，还给瓶子拿了一万元钱。

最后说一点题外话。

先说方子。几年后，矿山整顿，一切步入正轨，偷矿的队伍作猢狲散，一些人改行做了矿工，一些人散落天南海北，继续各自的命运和生活。方子回到了老家，用手里的积蓄开了个小型选厂，加工矿石，厂子就建在他家门口的洛河边。方子家不远有锑矿，干得还很红火，锑粉那时特别值钱。有一天，洛河发了一场大水，本来发大水是河的常态，没有不发大水的河流，可那次发得太大了，把方子的设备和锑粉全冲走了，只剩下银行一笔债。有一回，他骑摩托车三百里到我家贩卖香菇，峡河的香菇很有名，但种的人少了，货越来越少，不易买到。我管了他一顿饭——面叶儿。

瓶子的身体从咳嗽变成了哮喘，世界上没有任何药能治好哮喘病。他后来的故事比较长，说起来能讲三天三夜，不平常，也不惊天动地，人都活得大同小异。几年前，他投奔了老婆，去了广东，他老婆一直在广东打工，后来做生意，挣了点钱，买了房子。他老婆是我们村的，长得不好看，小他好几岁。有一年，她在山上放牛，我和瓶子去山上摘大黄蜂的巢，那东西能卖钱，蛹特别有营养。大黄蜂就是金环胡蜂，爱在树上筑巢，特别凶，特别毒，几口能蜇死人。瓶子一弹打在松枝上，松枝断了，蜂巢落了下来，在地上摔碎了，黄蜂立刻散豆成兵，封锁了一座山，见谁蜇谁，连石头也不放过。放牛的女孩子无辜挨了三口蜂针，有一口蜇在一只眼角，当时还无大碍，后来慢慢看不见了，再后来，她成了瓶子的老婆。

年轻的瓶子变成了老瓶子，他弹弓的绰号人们慢慢都忘了。

是啊，这世上，多少人，多少事，谁还记得呢。

清明

今天，是清明节。清明青半山，花们都还含在骨朵里，只有连翘开得粉嫩又炽热，漫坡漫地。

不由得想起了 2011 年的清明节。那一天和安子从灵宝往回赶，不是急着回来给先人上坟，我们这些从南边迁来才一两百年的外来户也没有几座祖坟，是身上实在没钱了。正月初八出门，从朱阳到豫灵再转阳平，山上山下连吃带住，身上的路费花尽了。我俩从太湖峪扒了一辆矿车到灵宝，那时候灵宝周郊有选厂，源源不断的矿车每天往返于矿区与选厂之间。虽说季节到了清明，天还是冷飕飕的，狂奔的大矿车带动的风把我俩都吹成了大背头，我们都很久没有理发了，头发长得能扎起来。到选厂过地磅时，司机发现车上面扒两个人，他也没让我们下车，到了货场我们爬下车，司机说："狗日的俩货，今天矿石多了二百多斤，也不揍你们了，快走吧。"

灵宝的春天来得早一拍，杨树都绿了，叶子像刷了一层油，油刷得不轻不重，正正好。洋槐花在路边开得比雪都放肆，它们沿着公路一直开到了郊外，和黄泥塬上的槐花连成了一片，那些矮屋和窑洞显得畏畏缩缩。我俩到了长途客运站，那一片地方叫尹庄。站外一个人在烤红薯卖。灵宝说是有四宝，我只知道黄河沙地的红薯天下有名，能把人甜死。烤红薯的香气遮天蔽日，让人受不了。安子神秘地说，想不想吃红薯？我说，想吃，可咱不是没一分钱了吗？他说有。他从口袋里掏出两块石头，是矿石，油润润泛着光，真正上好的矿石，细细的金子就藏在石头里。他把矿石递给烤红薯的人，问："师傅，能给几个红薯？"烤红薯的人看一眼说，给一个大家伙。安子说："不行，我们两个人。"那人说："行，给你们两个。"

我俩蹲在一排洋槐树下吃红薯。槐花瓣子落下来，落了我们一头一身。红薯外面有一层皮，在烘烤的作用下，它和红薯肉分开了，在红薯肉与红薯皮之间，有一层汁，沙沙的，糯糯的，那是红薯身上最甜的部分。红薯没有洗干净，或者没有洗，上面有一些沙子，硌牙，但红薯皮也很甜很香，舍不得丢掉，嚼巴嚼巴都咽下去了。吃完了红薯，正好有一辆大巴从里面开出来，发往卢氏的。安子冲上去挥手，司机停了车，说："快上。"安子扒到车门上，小声说："我们没钱了，能不能捎上，到地方保证给你找到钱，我表哥在卢氏车站当副站长。"司机笑了，蛋大个车站哪里有副站长，又说："你俩会啥？"安子抓抓头说会唱戏。司机说："行，能把我车上人伺候高兴了，车钱就免了。"我俩高兴地上了车。

对我们来说，从灵宝到卢氏一百四十里，其间的每一条岔路、每一条河、每一座山岭、每一个季节的冷暖都熟悉至极，十余年间，我们曾无数次在这条路上往返，但相看两不厌的唯有杜关。这是一个连接四方的大镇子，一面通往洛宁，一面通往卢氏，一面通往栾川，那都是出矿的地方，我们年年从这里奔向各地，再从这里回家。我们从这里上车、下车、候车、吃饭、住店，完成一次次生活和命运的出行、回归或者中转。

车到杜关，司机停了车，对车上人喊叫，该尿尿，该拉拉，往下一路就不停车了哦。一车人轰一声都下了车，各自去找厕所，找不到厕所的，穿过一片空地，对着洛河撒起来。统领了一路千沟万壑的洛河，在这里已显出气势，茫茫苍苍，混混浊浊，奔向不远处下游的黄河。洛河两岸的芦苇此时正在完成新旧更替，上一半还是干枯的，一些芦花扛住了冬天的北风，依然白茫茫一片，而下部新长出的芦苇浩浩荡荡，摧枯拉朽，在岸上铺展。

大伙上了车，各就各位。司机说："该你俩上场了。"

我对安子说："你先上，你会得多，唱得好，我帮腔。"安子说："行，我先来。"他唱的是《卷席筒》别嫂一段。这一段最感动人。一阵唇与舌的吹拉弹奏过门结束，他唱起来：

抱娇儿止不住悲声大放

霎时间儿就要离开爹娘

今日里爹和娘含冤命丧

实可怜你姐弟二人　从今往后

无爹无娘孤苦伶仃　谁来抚养

娇儿啊

小金哥只哭得泪如雨降

小玉妮扑娘怀娘心更伤

娘哭儿儿哭娘肝肠痛断

实难舍亲骨肉天各一方

…………

没有一个说话的人，人们都屏住了气息，只有车轮的沙沙声和错车时互致招呼的喇叭声。天气异常晴好，春风浩荡风流，季节与万物的气息被车头劈开，分流于车左车右，又在车尾合拢。有鸟儿比车子还快，春天没有它们也行，但有了它们就更有意思一些。

我唱的是坠子书《劝世人》，共十大劝：

手拉弦子颤凛凛

我有几句劝乡邻

一劝世人孝为本

黄金难买父母恩

孝顺生的孝顺子

忤逆人养了忤逆人

我说这话恁不信

看看你村街上人

老猫枕着屋脊睡

都是辈辈往下轮

…………

八岁那年，我们村子来了一个说书的，年龄不大，是一个瞎子，也不全瞎。也不知道他怎么就从河南那边走到了村里，千里迢迢，一路说唱。村里张家大宝三十岁了，还没讨到媳妇，家里人就向娘娘神许了愿，第二年就找到了女人。许愿就要兑现，正好用说书兑现。那会儿也没有啥好东西给神灵，许场愿，还场书。瞎子在村里娘娘庙前说了三天，架子鼓就摆在打倒的青石碑上。说的是杨家将，一门忠烈，死的死伤的伤，说得让人愤怒伤心了好些天。正书的前面都有一段书头，叫书帽，《劝世人》就是其中之一，我悄悄记下歌词，用一只碗翻过来敲着鼓点唱，竟也像模像样。我想着将来长大了也去走乡串户说书，也可以谋一口饭吃，但只恨自己不是瞎子。

车子下了苏村岭，就可以看到卢氏县城了。和我见过的所有县城差不多，有些乱，但似乎又乱得有道理，横的街、竖的巷杂而有章。卢氏县城是一座山城，据说很古老，确实还有一些古老的东西夹在现代中间，比如黄沙河，平缓地横亘在县城一岸，流水和黄沙像来自上古，几千年没有变过。也确实，不论世界如何变幻，每次经过它们，它们都是老样子，不多一滴水，不少一粒沙，而岸边的人烟像以笔墨画成，浓淡岁岁无改。车子一路走，我俩一路唱，唱得一些人哈哈大笑，一些人热泪盈眶，我们也哈哈大笑热泪盈眶。后来经历多了，发现河南从东到西，从南到北，真是一个奇怪的省份。没有一个地方像他们天然地把生活，把命运，把生生死死喜怒悲欣与戏曲掺在一起，他们的喜就是戏曲的喜，他们的苦就是戏曲的苦，他们的冲天一怒就是戏曲的冲天一怒，反之，亦然。他们几乎人人会唱，会听，人人懂得戏曲。可以说，他们一生活在戏里，戏也活在他们中间，彼此相携和照应。

下着坡，车上有人提议：再唱一个吧，一会儿到站，大家就各奔东西了。安子最后唱的一段是《斩秦英》：

那时节不是秦好汉
想回太原难上难

莫里沙越律造了反

秦驸马领兵去征番

秦英虽然把法犯

念起是秦门后代男

只宜赦来不宜斩

莫要绝秦门这根源

…………

安子给我说过，他并没有唱过戏，没人教过，都是跟着收音机学的。安子他爹有一只凯歌牌收音机，他爹放牛干活拷在身上，他就每天跟着收音机学。他家有个亲戚在官坡乡剧团唱戏，官坡乡剧团红火时有好几个角，曾唱到南阳。有些剧团不服气，比试了几场，只有服气。私人剧团虽是草台班子，但功夫不能弱，不弱的功夫让它活过一年又一年。他爹打算把他送到剧团，在打算送去的前一个月，剧团倒闭解散了。

安子住在峡河上游，我住中游，也算不上邻居，若不是都上矿山讨生活，可能一辈子也不会认识，像很多同乡一样，见过，又叫不出名字。我离开矿山后，他又往矿山跑了好几年，跑了好多新地方，最远跑到老挝。不过，不再走峡官路经卢氏东行，而是走峡丹路经华山西行。这几年，他经常在峡河与三门峡两边跑，他在三门峡找了个离婚的女的，比她大几岁，两个孩子都大了，他算是中年成家。他说过那地方离三门峡火车站很近，我记得从汽车站到火车站有一段上坡，挺累人。有一天晚上，他打来电话说，往后怕是难得见面了，已下决心在三门峡定居下来，老了，跑不动了。末了，我问，还唱得动不？他说，还唱得动。

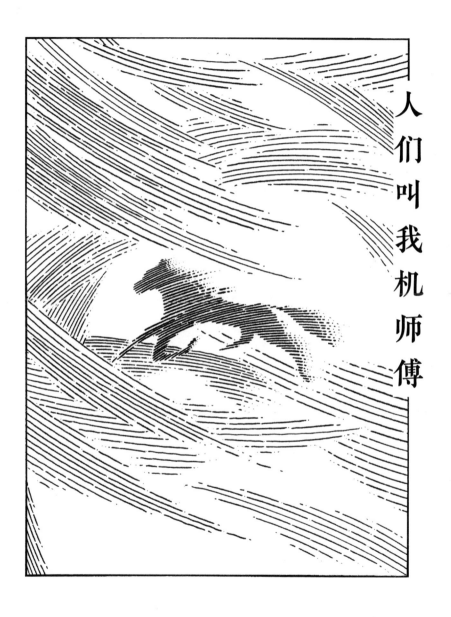

人们叫我机师傅

1

北斗七星共南辰

日月星熬老了世上多少人

东海岸年年添新水

西老山层层起乌云

人活百岁难行路

鸟活千日难入林

…………

　　刚冒出垭口，离周家园还有一段路，就听见周师傅在唱戏。他唱的是坠子戏《双孝廉》。我不太懂戏的内容，这出戏在峡河只唱过一回，是河南那边官坡乡的私人剧团来峡河的友谊演出。那一天，我正好和一群人出门去新疆，错过了机会。算起来，时间过去二十一年了。

　　我把摩托车停在周师傅家的院场边。车有些旧了，偏撑有些软，车倾斜得厉害，几乎要倒下去。我找了块石头垫在支撑下面。摩托车老是老点，但声浪很轻，沙沙的，小日本的货，技术不服不行。周师傅没听到摩托车声，依旧在自拉自唱，他的耳朵被机器震坏了，听力很差。我大喊了声周师傅，他才停下来。

阳光干净得像一匹新绸面，又透又亮。四季里只有四月的阳光是最好的，不冷也不热，不薄也不厚，照在身上，像数不清的小手在挠摸。阳光摸在周师傅的头顶上，他的头顶还没有秃，也没有白，只是在头部半腰的地方有一个圈，圈痕里毛发稀疏，头皮显露，不仔细看不明显，但我看到了。那是长期戴安全帽的结果。阳光摸在他的二胡上，让二胡更老了，只有弦是年轻的，绷得很紧，仿佛弓不动，它也在发声。我说："周师傅，几年没出门了？"他伸了一下五个指头。我把一支烟递过去，周师傅说："我好几年不抽烟了。"其实我也好几年不抽烟了，我们的肺都不行了。

我说："周师傅，今天是来听你讲故事的，给你说过的事，没忘吧？"周师傅把二胡放在门凳上，另一只门凳上蹲着一只黑底白花的猫。门前的树们草们嫩绿得要滴下汁来，黄澄澄的油菜花从垭口那边铺过来，像给垭口披了件坎肩。他说："没忘，那都是过去的事了，没多大意思。你想听，我就拣有意思的讲。"我说："你随便讲，我随便听。"他喝一口水，幽幽地讲起来。

2

"老家这边的人叫我周师傅,在外面,大家不这样叫,都喊我机师傅,像都不知道我真正的姓似的。你知道,我一辈子就是开机器的,也让机器开了一辈子。我最早是开钢磨子的,给人加工面粉和粗粮。那会儿你们都还小。那时候还没有机器磨子,村里只有一盘水磨,水磨磨粮食慢,白天磨,晚上磨,都排着队等,供不上大家的嘴。我是方圆百里第一个买钢磨子的人,算起来,三十多年了。钢磨子转起来,就没水磨子啥事了。水磨坊后来改成了火纸坊,做起了火纸。这一下,山上的毛竹子阳桃藤子可派上了用场,有了火纸,那边的人也有了钱花,子孙后辈可劲儿烧。

"开始没有电,钢磨子用的柴油机。机器回来那天,给机器添上油,却死活摇不燃,村里小伙子一个接着一个上手,累倒了一大片,后来找到问题,原来是忘了开油门阀。开始我也不懂机器,特别是柴油机,几百个零部件,拆下来就是一大堆铁。开始我跟着说明书摸索,慢慢地,就不用说明书了,机器在屋子里响,我在外面隔着墙听,就知道它有没有毛病,毛病出在哪里。柴油机开了三四年,后来有了电,换上了电动机,电机很少出问题,又省事又稳当。再后来电磨子多了,竞争激烈,周家园地方偏,来加工粮食的越来越少,我就懒得再侍弄它了。社会一浪高过一浪往前涌,总是淘汰旧东西,生出新东西,这是再正常不过的事情，也是没办法的事情。一年后，我去了大河面给人的碾房开碾子，加工锑矿石。开碾子三年，发生了很多事，有些有意思，有些没意思，我讲一讲有意思的事。

"大河面离五里川不远，大河面的水就流到了五里川，最后进了洛河，洛河水最后归了黄河。碾房都建在大河边上，加工锑矿用水量很大，不建在河边不行。一河两岸全是碾房，晚上灯亮起来，人欢马叫比电影里的秦淮河还热闹。水泵从河里把水抽到碾槽和沉淀池里，一番运转后又流进河里。据说黄河唯一的清水就是洛河，那几年，洛河比黄河还黄，不但黄，还有一股化学药品味，泛着白花花的泡沫，十里不散。它们最后和黄土高原的泥沙屎尿混在一起越流越大，谁也分辨不出来谁是谁。

"我的老板是湖南人。湖南自古出锑矿，说是中国所有的锑粉最后都卖到了湖南，不知道是不是真的。湖南老板初来大河面时，是真正的老板，他开了两个洞口。那时候，一河两岸有一百多个矿口，至少有一半出了矿石。他的两个洞口打了两年，钱挣了很多，到底有多少，只有他自己知道。老板包了个小老婆，才二十来岁，长得可秀气了，像个学生。本来还可以继续挣下去，可后来出了一件事，一下垮下去了。他垮得有些冤，但又不冤。有一天，县里有位大干部下乡检查工作，正好碰到老板也从县城下来，老板开的大奔驰，嫌干部的车占着道，跑得慢，响了一路喇叭催他快点。两车相错时，老板故意加了一把油，一股黄尘荡得遮天蔽日，一溜烟把对方甩在了身后。干部觉得受到了挑衅，很生气，对身边的工作人员说：'这是谁，这么牛？'工作人员说是一位矿老板。大干部说：'回去给我查查这孙子干不干净。'后来，一查，就把老板查得干干净净。那干部后来也出了事，吃了几年牢饭。

"南方人厉害就厉害在不认命，跌倒了再爬起来。没了矿洞，没了钱，他就开始架碾子加工矿石。那时候一百多矿洞除了养活了上万工人，也养了数不清的拾矿人。男男女女老老少少，背着口袋拿着小锤子、铁耙子，满矿山敲敲打打，渣场上母鸡扒窝似的拾矿，拾到的矿石，都卖给了碾房。

"我除了开机器，也偶尔去拾矿。渣坡上，矿车哗一声倒下来，我们哗一声拥上去。拾矿的女人也有年轻的，长得漂亮的，她们背不动，就求人帮她们背。我二十六七了，家里还没有说下一个女人，就喜欢和她们一块拣矿。女人手快，有时候能拾一口袋，一二百斤，我背在身上，像背了一座山，但感觉那山是绵软的，一点也不重，一点也不硌肩。"

3

"玲珰比我大三岁。认识她，是第二年的事了。

"玲珰是哪里人，她不告诉我，我也不好问，女人出门闯荡生活，都不容易，都有难处隐处，让人知道多了反而不利。

那是个阴雨天，雨也不大，是牛毛细雨，连伞也用不着。我去诊所打吊瓶，给伤口消炎。前些天碾子的碾槽漏水，矿粉顺着水流往地上流，老板让我给焊上，不焊上就扣工资。电焊是我的强项，手到擒来的事，但困难是机器不能停，锑粉价钱好得很，不能耽误机会。我从碾槽外面的破洞往里插了根钢筋棍，焊好了再截断打磨光整就好了。焊接中，从碾槽里蹦出一块矿石，砸在我头上，当时没戴安全帽，砸出了一道口子，缝了好几针。三十吨的碾子，快两米高，消化矿石像吃爆米花一样，添矿石的小子特别懒，也不敲碎，甩起膀子整块往里扔。

"进了诊所门，一眼就看见了一个年轻女人，歪在床上打吊瓶。

"诊所那天就两个病人，我和玲珰。当时还不知道她叫玲珰，人长得一点也不玲珰，细高个子，有模有样的，就是脸有些长。外面的雨不紧不慢地下着，河水慢慢在涨，山雾罩住了阴阳两面的山坡，山上的人家都被遮住了。公路在河那边伸向两端的远处，车水马龙的，这是一条着急忙慌的省道。小诊所不时被地下的爆破震得跳起来，又稳稳落下来，我都担心它散架了，可就是不散。开矿这事，成也一阵败也一阵，市场和政策决定荣辱成败，所以都在赶班加点。年轻的医生有些瞌睡了，兑好了药，让我和玲珰互相帮着换吊瓶，他睡觉去了。

"玲珰也是拾矿的，而且拾了好几年，我没来时她就来了，奇怪的是我从没见过她。一聊起来，就聊得很投缘，都有点相见恨晚的意思。打到最后一瓶，我的结束了，她的还有一半，她要撒尿，让我举着瓶子，举到厕所门口，她让我站在门外举着不要动。输液管不够长，我要半弯着腰，贴着门。我听见里面一只水龙头打开了，水喷洒得很急，唰唰的，过了一会儿，水龙头像关上了，但没关紧，滴答滴答。这是个旱厕，根本没有水龙头。

"老板又添了一台新碾子，还是我一个人开，每天就特别忙，白天黑夜不能离开。不知道为啥，我有些想玲珰，想她在哪里拾矿，拾了多少，晚上和谁住在一起，吃没吃饭，谁给做饭，心想着她一定也在想我。一个早晨，我正在给机器打黄油，一个女人喊：'师傅，你们老板在哪里？'一听声音，是玲珰，进门来，果然是玲珰。原来她卖了矿石给老板，老板还没有付给她钱。我俩都有些惊喜。老板不在，玲珰就在碾房等他回来，我让她坐在我的床上，她摸了摸被子，笑说还是个干净人。玲珰说她要回家一趟，她妈病了。那个早上，她给我煮饭，煮的是面条。我第一次摸了一个女人的手，有些凉，硬茧里带着一点绵。

"玲珰问，晚上走得开不？我本来走不开，但嘴里说，走得开，走得开。她说：'我还有二三百斤矿石，品相不好看，晚上来帮我背到山下卖了。'我知道拾矿的事就这样，矿石好，人争着买，矿石差了只能攒着等机会。也有人攒了一年半年，小山似的，那是在赌矿价，一般人赌不起。我连忙说行。她回头就走了，下了碾房的小路，过钢丝桥，钢丝桥有些飘忽，玲珰也在桥上飘忽起来，飘着飘着就没了影子。我回过头，看见碾子疯了似的转，碾轱辘你追我赶，也像在飘。

"玲珰的住处很小，在不起眼的半山腰上，是一间彩条布棚子，一面贴着一块大石头，一面几乎悬空。彩条布有些旧了，颜色变淡了，显然住了好多年。它的四周全是这种小房子，有的大点，有的小点，有的新点，有的旧点，有的有人进来，有的有人出去。他们都是拾矿的人，像我们机师傅一样，有些人认识，有些人陌生，相互帮忙又相互拆台。我从碾房里带来了一包锑矿粉，那是我偷偷攒下的，很值钱，把它们撒在矿石上，拌了拌，矿石立即好看起来。先装袋子，一共装了五袋，约有五百斤，我们开始往下面背。一袋子矿石，玲珰抓着袋口，弯一下腰，身一拧就上了肩，我要她帮着才能上肩。这一点我知道自己比不了她们，我看见过有个女人背着二百斤的矿袋子行走如飞，那不是一天两天练出来的。卖完了矿石，已经很晚了，玲珰顺带从商店买了一只烧鸡、一包辣条、一包花生米和一瓶老白酒。我们开始吃东西。我心里想着碾房，怕机器出事，虽然走前给添料的交代过了，让照看着点，但还是不放心。玲珰看出了我的不安，说一个男人，心别太细，太细了啥也干不成，只能给人打一辈子小工。我觉得她说得有道理，但还是不能不细。唉，也是心细害了人一辈子。

"东西吃完了，酒也喝完了，我俩都喝得有些高。灯光照着玲珰，她脸色红扑扑的，好看极了。她穿着一件毛衣，粉绿色的，衬得胸有些高，像两座小丘，那是我向往的地方，但从来没有上去过。我二十八岁了，又像两岁八个月的孩子，心里有些难过。玲珰把我的头揽过去，贴在上面，我听到了呼呼的声音，一缓一疾的，像一条暗河在流动，像水在岸上冲撞，很有力量。她轻声说：'对不起，姐不方便，姐一辈子都是不方便的人……'

"玲珰回老家去了，再也没有回来，她回到了哪里，没办法知道，没有人可以打听到，她是个独来独往的人。一个女人，就像一个梦，让人醒的时候少，迷糊的时候多。"

4 /

"2014年，我上了天水。我们把往西边去叫上，那地方位置比陕西高，火车汽车都是上行的。这是我最后一次上矿山，距离最后从温州出海打鱼退下来，隔着五年。这一回，机师傅是两个人，那个人开碛子，我开空压机，不过这次不是在外面住，是在洞内。洞子太深了，矿石拉出来，材料和人进进出出，成本太高了。矿石在洞里就近开采，就近加工，只把金子带出来，就合算得多。这里很多洞口都这么干，我后来到过很多地方，也都是这么干的，尤其是矿洞开到了尾期。山外面风平浪静，地底下轰轰烈烈。这片世界很大很闹，外行的人看不见。

"这是个快废了的洞子，不知道开采了多少年，每条巷道都长得没有尽头，不过，空气并不闷，说明有透气的地方，很可能很多地方都和山体打透了，或者和别的洞口打透了。秦岭真是一座大山啊，怎么也挖不完，山里面有那么多金子，还有水。在我住的空压机房后面，就有一条暗河，除了供工队吃水、洗澡，还供碾房用水，当然主要是供碾矿用水，不然碾房也不会选定在这里。选金子用水可猛了，水小了，供不上用。这些水最后曲里拐弯流出洞子，又变成了清水，流到了大河里，但毒性还在。听说这个洞子出过金带，这一片的洞子都出过金带，金带当然很少见到，很多人干了一辈子矿，也没碰到过一回。但谁打到了，一夜就发了财。听说有的承包商打到了金带，偷偷留着，待任务完不成时，打几炮，一年采金任务一下就完成了。

"我开的是一台二十立方的空压机，电机就二百千瓦，一小时要用二百度电，风压供八台风钻使用。在这以前，我开过更大的机组，这都不算什么，就是洞子里热气散不出去，我基本不用穿衣服，我们差不多都不穿衣服，天天只穿一条大裤衩子。空压机的散热窗很大，散出的热浪像一团火，那是爆破工们烘衣服的好地方。下了班，他们把湿衣服挂起来烘，上班时，穿起干衣服走。这个过程里，我认识了华子。

"华子年轻，烟瘾大，我也烟瘾大，有时他抽我的，有时我抽他的。他挣得多，抽得高级；我挣得少，抽得差些。不过，都是冒一股烟，打发时间，也无所谓谁便宜吃亏。华子上班时，我把风压调得高些，机器像疯牛一样吼，这样他就少受一个半个小时的罪，下来陪我抽烟。他知道我对他好，有时会给我带一只烧鸡或一袋苹果，天水当地产苹果，花牛苹果。

"有一天，我俩抽着烟，华子对我说：'机师傅，想不想发财？'我说：'谁不想发财，但咱没那个命呀！'华子说：'看你有胆子没有，你要想就有，要不想就没有。'我说：'这咋说，难不成有机会？'他对着我的耳朵说出了一个秘密，我虽然耳朵让机器震得差不多快聋了，但还是听清楚了，那真是个发财的好机会，如果靠谱的话。当然，风险也不小，难度大。

"那个晚上，其实也不知道是白天还是晚上，洞子里没日没夜，白天和晚上一个样。我调好了风压，定了时，机器平稳又有力，我俩出发了。这是一条废了很久的巷道，除了有一股水从尽头流过来，什么也没有，也不知道它流了多远，清得不能再清，细细的硫末沉淀在水底，亮闪闪的。华子早已接好了风管，备好了钻机。他抱起钻机，我抓起钻头认孔。华子说，不用太大，水桶大的窟窿就行了。他不说我也懂，我们没有那么多的时间，炸材也有限。为了降低噪声，我们在消声罩上又加装了一节塑料管，如同一只象鼻子。钻机的声音很平稳，像一片蜜蜂在飞，但这样，声音还是在巷道传出很远。没有水泵，只能打干眼。石头真硬，钻头在石头上弹跳，在石孔里弹跳，合金钢与石头撞击爆发的火花四溅，像谁不停地打着打火机，就是不往里面进。我俩都成了白头翁。华子说：'他妈的，硬就对了，石硬生金。'不知道用了多长时间，总共打了十二个孔，两米的钻杆打尽了。我说会不会钻杆不够长，到不了位。我知道这是一锤子活，不可能有第二次机会。华子说：'差不多，我感到底部石头变了，说明那边有氧化。'我知道，他说的是矿带，是矿带上矿体长期见到空气引起的反应变化。

"装填好了炸药，收拾好了机器，我把风，华子起爆。到这时候，矿山已不再用导火索了，用导爆管。一声巨响，又一声巨响，响了十二下，最后的几声变了调，变得有些空，有些远，低沉了很多。华子一阵狂喜，透了！

"比水桶略粗的洞，浓烟不是向着我们这边而是向着洞的那边飞蹿，仿佛那边开着抽风机。炸碎的石头有些发烫，很锋利。那是炸药猛烈爆炸的结果。我俩一前一后往上爬，空气热得喘不过气。到了。是一个空荡荡的采场，半人高，两个房间大小，天板、地板像水洗过一样。我仔细看，是用水冲洗过的，那些积水的地方还汪着水迹，水迹边有一轮锈色。有一条巷道，笔直伸向远方，到此止住，这里是它的尽头，现在，它被我们打穿了。华子一屁股瘫坐在地上，无比痛苦：'他妈的，我们来晚了！'我说：'是不是位置错了？是不是那家伙和你说着玩的？'华子说不是的，是来晚了，别人吃掉了。

"采场边上有一个笔直的天井，我半跪下身子，把头伸进去，它像一只单筒望远镜，又细又长，中间一点变形的地方也没有。除了呼呼的风，我看见天空中一轮又圆又大的月亮，月亮的边上没有一丝云。一束光像一根玻璃棒子插下来，卡在半道上，被井筒子掰得有些弯曲。"

5

"从上船这一年起，我开始迷上了拉二胡，知道了有一个人叫阿炳，知道了《二泉映月》。那是个了不起的人，在他之前，二胡只是二胡，在他之后，二胡已不是二胡。我不想了不起，咱没有那个本事，没有那个灵性，拉二胡就是为了打发时间，解解心焦。人老了，总得有个伴。年轻人带着 DVD、MP3、MP4，还有我叫不上名字的游戏玩意，那是他们船上生活的一半，我不会玩那些。

"船上用的机器还是柴油机，比起矿上用的机器也没啥不一样，一点也不复杂，有八缸的，有十二缸的，供生活用的小发电机有专用的动能，更是小菜一碟。我原来以为船上动力用的是电，上了船才知道，这东西不能用电，没有来源。我想过用烧柴油发电再转化成动力，那是脱裤子放屁，还是亏本的屁。和矿山上情况不同的是，船上的机器不能出故障，一出故障，如果碰上大潮大风，会要了一船人的命。我的任务就是保证机器不出故障，油路、电路，每一个细节正常，这个活看似轻松，但一点也不轻松。在渔船上半年，我基本没有睡好过觉，大家忙的时候，玩的时候，只要机器转着，我就听它的声音。海浪的声音，船桨的声音，大鱼发出的声音，机器的声音，它们有时搅和在一起，我能把它们一一分辨清楚。桨轮碰撞在礁石上和鱼身上的声音也很容易分清。虽然矿山生活让我的听力很弱了，但只要捕捉到，它的分辨力还在。

"这辈子也没想过能见到大海，而且一下子见到了那么多的海，那么大的海。有时候想，咱哪天死了，也值了，比那些一辈子窝在一个地方的人强，咱也算是见过世面的人了。军子是我侄子，他十五岁就上船打鱼，温州、舟山、湛江，那才真叫四海为家，前后打了十年，在县城买了大房子，媳妇也是有文化的人，在小学里教书，在侄辈里，算是混得最好的。他经常对我说：

'叔，一辈子在矿山也不是办法，得挣点大些的钱，老了没钱可咋办？'他的意思是让我跟着他上船出海，也是为了我着想。也确实，矿山情况越来越不行了，矿老板都出国开矿了，剩下的不是小打小闹，就是半死不活。

"初上船也晕船，但只是小晕，不吐，不昏，几天就适应了，原来我命里能吃出海这碗饭，要早知道自己身体有这本事，早该出海了。我基本是个路盲，到了大海里更是东西南北不分，只知道那天早上船从温州出发，一路水天茫茫，走了一天，军子跟我说快到了，也不知道是内海、公海，还是别国的海，我也懒得管它，船主叫干啥就干啥。

"我们总共在船上待了六个月，船到过的地方数也数不过来，除了浪急浪缓，其余都差不多，日出日落都一样。每次鱼打得差不多了，舱里快满了，就有另外的船过来把它们拉回去，顺便也带来蔬菜、大米、柴油、淡水、冰块和黄色光盘。放光盘是年轻人的爱好，他们整天放得叽叽喳喳男欢女叫。我爱在自己房子里练二胡，我拉的是豫剧过门，伴奏，也拉秦腔，秦腔比较难拉，拉得血都热起来，把自己都忘光了，有时把弦都拉断了，自己还不知道，有时候觉得自己懂得了秦腔，懂得了日月风雨，懂得了秦腔为什么发源在那种地方，有时候又觉得啥也没懂。打鱼的工人也是五湖四海的都有，有人爱听，有人不爱听。管他爱听不爱听，只要自己喜欢就拉。

"船有时候也会和别国的渔船相遇，大家都会打声招呼，老板丢过去一条香烟，他们丢过来一捆手套，然后各奔东西。你说我们会不会偷偷到别国的海里打鱼，我告诉你会的，而且是经常的事。一般是晚上出发，天亮回来，一晚上能打好几万的货。谁让他们有那么大的海、那么多的鱼虾呢。被人家的海警抓住了，一般会私了，缴罚款了事。也有认罚解决不了的，那就比较麻烦了，军子就是吃了这个亏。

"那个晚上，风高浪急，大海黑得一点光也没有。老板说，今晚捞一票大的，明天休息一天。我们的船关了灯，满舵出发。到了一个地方，我们把网撒下去，船拖着网跑，绞车把网绞上来，鱼哗地收进舱，再撒，再跑，再绞，再收。所有人不说话，拼命干活，我紧紧盯着机器。我感觉到船体慢慢吃水了，收获不小。正忙着，老板说：'不好，有船来了。'我一听，果然浪有些急，一波一波往这里涌，这是船在高速行进时激起的海浪。我们边跑边收网，机器开足马力，响得要爆炸了。但还是晚了，我们被抓住了。

"纠缠了两天，船放行了，留下两位工人吃牢饭去了，军子就是其中之一。本来军子不应该去吃这个饭，轻重也轮不着他，还有人抢着去，但他坚持要去。他说划算，比干活强，说房贷可以还得快些，能早一天下船回老家。老板答应刑满回来每个人会重重补偿。"

6 ╱

　　周师傅走的那天，军子正好回来。没有人知道周师傅得的是什么病，发现时，人早就冰凉了。送行的乐队是山那边卢氏最好的民乐班，《百鸟朝凤》《大花轿》《寡妇哭坟》，一路吹打，风光大葬。

　　送行花圈的飘带上，有的写着周师傅千古，有的写着机师傅千古，字体有大有小，都好看极了。懂行的说，那是电脑打印的。

烟尘

1 /

第一次见到刘师东，是在南疆阿克陶县叶尔羌河边的一处山脚，这里是帕米尔高原东部。

我到的这天，他们已提前到了三个月。据说在他们到来之前，这里完全是荒无人烟的世界，连一棵树、一匹野骆驼也看不到。矿山所有设备已经安装就绪，生产按部就班地进行着。他是机师傅，负责管理空气压缩机和发电机的运转，它们是矿山生产链上最重要的设备和环节，像心脏一样须臾不能停歇。矿口在山腰，供能系统在山脚，中间的管道有两千米的距离，因为巨大笨重的机器无法运送到陡峭的山上。我抬头看山顶，它们驼形蜿蜒，无穷无尽，湛蓝的天空连接着它们，色彩那么不同，像被一支画笔硬生生撮合在了一起。山坡寸草不生，风剥雨蚀，乱石穿空、嶙峋，变为砂石的细碎石头流淌在沟谷和低洼处，像无数条溪水凝固了，又像雨后的打谷场。

刘师东给我做饭。他除了管理机器，也充当后勤的角色，上山的人，下山的人，在这里休息、中转，上山和下山的各种材料也一样，甚至包括上传下达的口信。饭简单极了，方便面煮火腿肠，这里青菜来之不易，去一趟县城，要开大半天车，穿越戈壁茫茫几百里。饭一会儿就好了，顺带他也吃一口，免得再做午饭。机房是用彩条塑料布搭建的，很狭小，很闷热。它是机器和师东共同的住处。这里没有电，机器烧柴油，呛人的油烟和浓烈的机油味充斥了一切空间，无处释放。因为要向山上输送足够的动能，机器的油门开到了极限，地皮颤抖，没有燃尽的柴油化作浓烟，一部分飘向空中，一部分留在了机房里，被呼吸、地皮和各种物件吸收消化。

吃了饭，在他的床上躺下歇一会儿，他坐在床边自己焊的小铁凳子上，我们说话，抽烟。刘师东是我见到的机师傅里极少数爱干净的，所有东西摆放得规规整整，被子也叠得板板齐齐的。在我很多年的矿山生活里，机师傅一直是我们工作中的重要搭档，但他们更多的时间是与机器在一起，属于民工队，又自成世界，像机器的一部分。刘师东说他开十二年机器了，从十匹马力的小机器开始。

说话间，他床头的对讲机响了，他拿起来接听，对方只讲了一句："送电！"他停了空压机，把发电机开动起来，发电机由另一台中小型柴油机带动，噪声立刻小多了。他一边咳嗽，一边讲了很多笑话，一部分与他的工作有关，一部分关于他家乡的风流人事和传说。他老家离我家其实不远，那地方叫毛园，往下再走一段，就是武关。作为古老关隘，武关如今只剩下了空空地理和声名，峡河与丹江在这里汇合，一起奔赴远方。我听一位邻居说过，那地方的人们爱喝酒，年年冬天烧柿子酒，柿子树很多，秋天的柿子星星一样举在空中，但总不够烧，而我的老家，柿子一年一年挂在树上，自生自灭，丰收与歉收对人们来说没有区别。

我说："我得上山了，晚上还安排有班。"他说："行，干活消停些，这里受了伤没得救。"又猛然给自己嘴上拍了一巴掌，笑着说："不会受伤，不会受伤的。"我们都笑了起来，他一笑，又引起一阵咳嗽。我走了很远，他又在门口喊我："有空下来玩啊！"我说："好啊！"

山上共三个矿口，从山下往上看，像三孔破败不堪的窑洞，或者无声的眼睛。它们分别取名洞一、洞二、洞三。按计划，应该还有洞四、洞五像兄弟一样排列下去，但后来的情形，它们只能作为计划排在计划书上。我在洞二，夹在中间。上下每次爆破，都会震落我们洞顶的许多小石头，腾起巨大的尘幕。在彼此打穿之前，各方各自独立，很少往来。这种独立持续到很久之后的第二年八月。

2

五月半，库斯拉甫的小白杏熟了。

我不知道小白杏熟了，甚至不知道库斯拉甫有杏。消息是拉水的维吾尔族司机告诉我们的，那一天，他从叶尔羌河拉回一车生活用水，顺带捎回一兜小白杏，给大家每人分发几颗。到这时候，我共去过镇上两次，一次是来的那天，也是顺便路过，一次是三月初，去给家里打电话，打四元钱一分钟的卫星电话。农历三月的库斯拉甫已经很热了，指向天空的杨树又直又壮，树枝和叶子都绿得夸张，杨树围着镇子，像高大的院围，已经落光了花的杏树就在杨树下面，不仔细看，看不到它们。给家里打电话其实也没有什么要紧的事，就是想家了，人在外面久了，总会想家。比较起来，想家比家本身要美好许多，因为想家，人活得多了些滋味，在一年一年的想家里，我们活过了一年又一年。但电话费太贵了，一分钟相当于吃掉半盘拉面或一个鸡腿。我走在街上，不停打着腹稿，先说什么，后说什么，不说什么，要一一理清，因为低头思索，好像什么都看见了，又什么也看不见，包括杨树下无边的杏树，当然，主要的，除了花期和果期，它们也没什么引人注目的特点。

一天晚上，刘师东在对讲机里对我说，有空下来吃杏呀。我问哪里来的杏，他说下来就知道了。

第二天正好矿上没有柴油了，要到阿克陶县城里去拉，来回七八百里，要一天，矿上就放假一天。没事可干的人们就坐在洞口吹大牛，虽然早没有什么新鲜话题了，但旧话里总能说出点新意来。还有几个人在打麻将，没有桌子，他们就把一扇蒸馒头的笼屉放在腿上，四个人的腿正好充当了四只桌腿，打得四平八稳，津津有味。我下山，去找刘师东吃杏。

刘师东在门口接着我，说："今天咱们尽饱。"我以为他屋里放了很多杏，就有些迫不及待，到了屋里，空空荡荡，一个没有。他说："咱们去杏林。"我才知道，得去镇上摘杏。

我们骑上摩托车，刘师东驾车，我坐后座，一路如同闪电。

摩托车是拉水司机的，平时就放在刘师东屋外，让他看管，只有刘师东可以随便骑。若干年后，我自己有了几辆摩托车，才知道进口家伙的好。这是一辆纯雅马哈。路有时是河，河有时候是路，彼此交替，这里原本没有路，因为车走得多了久了，小河也变成了路。河水实在是太清澈了，天空和白云倒映在浅浅的水里，像没有了路，像我们跑到了天上。刘师东说，别看好看，苦着呢。我才想起来，为什么工队要到叶尔羌河拉水吃。

一个小时后，终于到了镇上，我们把车停在一片杨树下，去摘杏。杨树林外面是有些名气的叶尔羌河，此时，它的涛声如雷贯耳，开始有人游荡在河边寻找玉石，玉石来自上游的喀喇昆仑山，一些流水带它们到了这里。河与杨树林之间夹着大片杏林。杏正成熟，金黄金黄的，和杏树叶子比着稠稀，争着色彩。我说，能随便摘吗？刘师东说，随便，这片杏是老塔家的。我知道，老塔就是给工队拉水的司机。

小白杏真甜真香，这个甜和香，比李广杏浓烈，但一点也不张扬，空气里闻不到它们的气息，只有咬一口才知道。它们的浓烈在杏肉里，杏仁里，在人的嘴巴里，藏得很深。那浓烈的香甜一直延伸弥漫到肠胃深处，仍不休不止。

刘师东爬不动树，一爬树就气喘，他负责在地上收集。我说，为什么老是喘，老咳嗽，得去查查。刘师东说，没事，又喘不死人。我想到了爆破行业的职业病尘肺，但很快又在心里排除了，刘师东虽然跟着矿山跑，但他并不接触粉尘，他的工作在洞外。我说，还是查查好。他说，找个机会查。他说的机会，是免费的机会，这样的机会，对散兵游勇般东征西战的我们来说，几乎没有。

肚圆兜满，刘师东带我去找老塔。找老塔也不是有事要办，也不是想念他了，就是无聊，一些时间和精力没地方打发掉。

3/

　　这是个纯维吾尔族小镇，纯到街上没有一个汉人。刘师东会一点维语口语和手语，我发现他有很多能力，其中之一是现学现卖，而且惟妙惟肖。我们逛了一家又一家商店，街上最多的就是商店，似乎每家都开着商店，至于卖给谁，不知道。没有哪里人比维吾尔族人骨子里更喜欢做买卖，大概一方面是生存所需，一方面也是身份象征。小商店都很小，它们有一个共同特征，柜台都是石头砌的，上面搪了水泥，没有进出设置，老板进出要翻越它们，他们个个身手矫健。每家商店都有玉石出售，翠绿色的、白色的、黑色的石头堆在地上，价格为一百到五百元不等。我们都不懂，但装作很懂，用手掂掂，用嘴吹吹，吐一口口水在上面再擦拭一下。街上走过的女孩子美到惊心，一律头巾遮面。有一个女孩子对我们说了声你好，她大概对突然出现的两个异乡人很好奇，我猜想她也只会这两字的汉语发音，那声音清脆玉润，含着害羞，礼貌的问候让我们感动。我们买了十个馕，去老塔家。

老塔家在街尽头，杨树林在这里戛然而止，再往前，就是喀喇昆仑山，不远的山上有一处小煤矿，冒着白烟，据说它已冒了几十年。据说从这里可以去往瓦罕走廊，而且很近。有一些冒险的人，从这里沿河出发，去寻找玉矿。关于他们，关于玉石，有很多故事，有些故事惨烈，有些故事美好，它们常常让我产生上山寻玉的冲动。

　　老塔在加工一块玉料，用角磨机切割一块石头，他说里面藏着好玉。石头很硬，角磨机动力很小，火星四溅。除了一张占去了三分之一房子空间的大土炕，屋子里似乎也没有别的，他的女人光着脚在屋子外面打馕，馕坑像一个炭窑，女人像个烧炭的工人。馕真是个神奇的东西，经久不坏，一坑馕能吃两个月，所以在真正的维区乡下，只见吃馕，少见打馕。老塔算见过世面的人，因为开车到处跑。他想让石头更值钱一些，现在他想切开玉石外面的石头皮壳，但他并不擅长使用工具，搞得粉尘飞扬、满头大汗。刘师东说："让我来。"老塔有些不放心，说："你会吗，让玉露出一个角。"刘师东说："没有我不会的，我是搞机器的。"说着就去伸手抢角磨机。角磨机上的切片高速转动着，像小小风轮，发出嗡嗡声。老塔没有关掉它，就递过来。在接过角磨机的一瞬，我看见一根指头掉在地上，大拇指，刘师东的。它在地上跳动不已，像一只虫子，更像一只被砍掉的蛇头，才离开身子，离死亡还远。

　　我们到了医院，挂了急诊，刘师东很快进了手术室。一路上，他一声不发，拼命抽烟，烟由我点燃，一根接一根插到他的嘴上。他左手拼命攥着右手的伤口，但仍然血染车座。据说这一路每天会发生几百次地震，因为震级低，人没有感觉，但石头有，所以石头会莫名其妙地从山上滚下来，挡在路上。这一次，我们很幸运，一路无阻。在翻过一座小山时，我看见叶尔羌河在这里的山脚处拐了一个美不可言的大弯，河水蓝得像一面毛玻璃，滢光闪耀，它们像没有尽头的流水线，一批滑过去，又来一批。靠岸的地方水浅一些，沙石白亮，流水在细沙上摩挲，像薄薄的月形刀口。在光秃秃的百里河岸，突然现垂柳依依。

刘师东终于等来了他说的机会，做肺部 CT。不是他要求做，是我强烈要求的，如果错过了，他大概一辈子也不会自己花钱去做。片子很快出来了，对于刘师东，它的结果比少了一根指头的打击还要沉重，胶片上左右肺叶像两块墨玉，上面星云点点，沟壑纵横。医生可能从来没有见过这种情况，问刘师东干什么工作的，刘师东说开机器的，医生问开什么机器，刘师东说柴油机。医生想了想说，这就对了。刘师东愣了一阵，缓过来，说："狗日的烟尘，这么厉害！"

我的思绪飘回到童年时光，小时候家里有两间卧室，两间卧室间有一道厚厚的土砖墙，墙上方有一个孔洞，孔洞里有一盏煤油灯，在天黑和睡着之前，灯会被点燃照耀两边的房间。夜深了，大人喊，把灯吹掉，我或弟弟会光着屁股起来跳跃着把灯吹灭。上小学时，有写大楷的课程，习写毛笔字。我没有钱买墨汁，就把墙洞上左右两边的烟尘刮下来，用水和一和，可以写大楷。刮过了烟尘的墙壁那两块地方，又黑又亮，像瓷器一样光整，原来的泥巴砖面被掩盖掉，像黑色瓷砖的一部分。我想象刘师东现在的肺叶，就是那两边黑色的瓷面。

4

　　2019 年，农历十月的小阳春比春天的天气更晴好，金阳遍地，山色还绿得硬朗。我到了毛园。

　　地理上很多地名叫得没有道理，太随意，名实遥远。毛园就是这样，没有一点宽敞的地方，与园字挨不着边。它就是被大河豁开的一条大沟，人烟像树叶一样随意撒落在两岸。毛园没有自己的河，一条大河来自上游的峡河、八盆河和峦庄河的汇集，而三条河里，以峡河为主打，从地理上，也可说，毛园是峡河地界的延伸。三条河的汇聚，在这里诞生了足够的气势，这里的人们深受河水之害，所以至今没有一条像样的公路。

　　十月的毛园庄稼尽收，但玉米秆子还竖在地里，它们要一直竖到来年开春才会被砍倒。像峡河一样，这里早已没有种冬麦的习惯，一年一种，只是为了不让土地撂荒。如果把时间往前推十年，这个时节的地里，初出土皮的麦苗该嫩绿得多么放荡。

　　一路上，很多人在夹柿子。他们拿着一根长长的竹竿，站在树顶。竹竿的前端有一个开口，开口的深浅和松紧程度正好可以夹断柿蒂上的细枝而不使它掉落。就这样，竹夹出出进进伸伸缩缩，吊挂在脚边的竹笼一会儿就满了，然后，一根长长的绳子把竹笼下放到地上，最后送到烧酒作坊，成为酒液，用来刺激和麻醉生活。这样的工作一般由妇女完成，男人都出去打工了。她们花花绿绿的衣服被风吹动，与红艳艳的柿子形成说不出的默契和映照。

　　这样的妇女里，一定有一位是刘师东的女人，但我不知道是哪一位，她在哪棵树上。树下的哪堆新土，埋着她的丈夫。

　　对于刘师东，我并不知道太多，就像我并不懂得烟尘，虽然十六年矿山生涯里，我的几乎所有工作场的动力都来自它们推动的机器。

　　我看见芦花从河流上头一直铺排到河流尽头，它们轻盈浩荡，又低眉顺首。河水左边的山坡上，一片新种的茶树，长势茁壮。它们都是看不到尽头的日子的一部分。

图书在版编目（CIP）数据

峡河西流去 / 陈年喜著 . -- 长沙：湖南文艺出版社，2024.3

ISBN 978-7-5726-1641-9

Ⅰ. ①峡… Ⅱ. ①陈… Ⅲ. ①散文集－中国－当代 Ⅳ. ① I267

中国国家版本馆 CIP 数据核字（2024）第 043007 号

上架建议：畅销·文学

XIA HE XI LIU QU

峡河西流去

著　　者：	陈年喜
出 版 人：	陈新文
责任编辑：	匡杨乐
监　　制：	邢越超
特约策划：	张　攀　娄　澜
特约编辑：	张春萌
营销支持：	李美怡
封面设计：	利　锐
版式设计：	李　洁
书籍插画：	原　野
内文排版：	百朗文化
出　　版：	湖南文艺出版社
	（长沙市雨花区东二环一段 508 号　邮编：410014）
网　　址：	www.hnwy.net
印　　刷：	北京中科印刷有限公司
经　　销：	新华书店
开　　本：	875 mm×1230 mm　1/32
字　　数：	198 千字
印　　张：	8.5
版　　次：	2024 年 3 月第 1 版
印　　次：	2024 年 3 月第 1 次印刷
书　　号：	ISBN 978-7-5726-1641-9
定　　价：	54.00 元

若有质量问题，请致电质量监督电话：010-59096394
团购电话：010-59320018